SPRING 野

更具体地生长

All This Wild Hope

亲爱的朋友：
我独自活在这世界上，真是寂寞。

我是谁的最爱？
倘若生前没人爱，死后呢？

Manuel Puig
1932—1990

Boquitas
pintadas

Manuel Puig

[阿根廷]曼努埃尔·普伊格 著

李毓琦 译

红 唇

GUANGXI NORMAL UNIVERSITY PRESS

广西师范大学出版社

·桂林·

图书在版编目(CIP)数据

红唇 / (阿根廷) 曼努埃尔·普伊格著;李毓琦译. ——
桂林:广西师范大学出版社, 2024.4 (2025.7重印)
　书名原文: Boquitas pintadas
　ISBN 978-7-5598-5975-4

Ⅰ.①红… Ⅱ.①曼… ②李… Ⅲ.①长篇小说 – 阿
根廷 – 现代 Ⅳ.①I783.45

中国国家版本馆CIP数据核字(2023)第061141号

著作权合同登记号桂图登字: 20–2022–208 号

HONG CHUN
红唇

作　　者:(阿根廷)曼努埃尔·普伊格
责任编辑:谭宇墨凡
特约编辑:苏　骏　夏明浩
装帧设计:汐　和　at compus studio
内文制作:常　亭

广西师范大学出版社出版发行

　广西桂林市五里店路9号　邮政编码:541004

　网址:www.bbtpress.com

出版人:黄轩庄

全国新华书店经销

发行热线:010–64284815

北京启航东方印刷有限公司印刷

开本:787mm×1092mm　1/32

印张:11　　　　　　字数:144 千

2024 年 4 月第 1 版　　2025 年 7 月第 3 次印刷

定价:59.80 元

目录
ÍNDICE

二 蓝色、紫色、黑色的小嘴 171

BOQUITAS AZULES,
VIOLÁCEAS, NEGRAS

一

涂成酒红色的小嘴

BOQUITAS PINTADAS DE ROJO CARMESÍ

第一章

PRIMERA ENTREGA

对我而言……是我的一生……

——阿尔弗雷多·勒佩拉 [1]

1947 年 4 月，布宜诺斯艾利斯省巴列霍斯上校镇出版的《我们的邻居》月刊上刊登的一则讣告

恸悼

胡安·卡洛斯·埃切帕雷先生在长期经受病痛折磨后，最终于 4 月 18 日去世，死时年仅

1　阿尔弗雷多·勒佩拉（Alfredo Le Pera，1900—1935），阿根廷作词家、编剧、记者。——编者注。（若非特殊说明，本书注释均为译者注。另，书中所有特殊标点、字体、格式均按原文调整，并非讹误。）

二十九岁。逝者是深受该社区喜爱的后辈。虽然许多亲友早已得知他身染痼疾,他的离世仍让该社区的居民深感意外并哀恸不已。

随着他的离世,一位重要的成员从我们当中消失了。他卓越的精神和品格蕴含着丰富的特质或天赋——譬如能区分人类品质的同情心,并使他赢得了本地居民或陌生人的尊敬。

在数量众多、伤心欲绝的送葬亲友陪护下,胡安·卡洛斯·埃切帕雷的遗体被安葬于当地的公墓。

布宜诺斯艾利斯

1947 年 5 月 12 日

尊敬的莱昂诺尔夫人:

从《我们的邻居》上得知这一噩耗后,我犹豫良久,还是决定写信给您,对您儿子的离世,致以我最深切的哀悼。

我名叫内利达·费尔南德斯·德·马萨,不

过大家都叫我内妮。您还记得我吗？我已在布宜诺斯艾利斯定居多年，婚后不久便和丈夫搬到这儿了，然而，这个不幸的消息还是促使我给您写上几行问候的话语，虽然您和您的女儿塞莉纳在我婚前对我极为冷漠。尽管如此，可怜的胡安·卡洛斯当初仍待我友好如初。愿他安息！我最后一次与他见面，已是九年前了。

我不知道夫人您是否还对我怀恨在心。无论如何，愿上帝保佑您，一个业已成人的儿子突然离世，总归是难以承受的沉重打击。

尽管布宜诺斯艾利斯与巴列霍斯上校镇相距四百七十五公里，此刻我与您同在。就算您讨厌我，也请允许我与您一同祈祷。

内利达·费尔南德斯·德·马萨

借着厨房新换上的荧光灯管发出的光，她盖上窄口墨水瓶的瓶盖，查看了一下手，发现握笔的手指上沾到了墨水，便朝洗碗池走去。她拿一块石头刮去墨渍，再用洗碗巾擦干手指，随后拿起信封，用唾液润湿了涂胶的边缘。她怔怔地看了好几秒那铺在桌上的油布的多彩菱形花纹。

***

布宜诺斯艾利斯

1947 年 5 月 24 日

亲爱的莱昂诺尔夫人：

收到您的信真令人欣慰！其实，我没想过您会回信，我以为您再也不会原谅我了。另一方面，我明白，您的女儿塞莉娜仍旧鄙视我。这次我按照您的提议，把信邮寄到您的信箱里，如此一来，您便不用再和她争吵了。您可知道，当我看到您的信封时，心里想的是什么吗？我那时想，里头肯定是我那还未拆封过的信。

夫人……我好伤心，我是不是该直接告诉您，而不是试图安慰您？可我不知道该如何向您解释，我没法跟任何人提起胡安·卡洛斯。我成天想着，这样一个年轻、俊美的青年，怎么会不幸地染上病呢。夜里，我无数次惊醒，不禁又想起胡安·卡洛斯。

我当时知道他病了，他再次回科尔多瓦山区[1]休养，但我不知道为什么……那时我并不为他伤心，或者说，是因为我完全没料到他会不久于人世。此时此刻，我只想着一件事：他平时从来不进教堂，那他死前忏悔了吗？希望如此，对我们这些还活着的人而言，这就是最大的慰藉了，您不觉得吗？自从三年前，我最小的孩子生病时起，我再也没去祈祷，不过现在我又重新开始了。同样让我害怕的，是他实现了自己的夙愿。您或许有所耳闻？但愿您不知道！您瞧，夫人，夜里我惊醒时，这件事也会浮现在我的脑海中：胡安·卡洛斯不止一次告诉过我，他去世后想被火化。我觉得天主教不赞

1　位于阿根廷中部地区。

成这种做法。虽然我已多年未去忏悔，现在也没有这个习惯，但我可以咨询一下神父对此事的看法。是啊，夫人，我确定胡安·卡洛斯已经安息了，霎时间我这样确信，就算他还没升入天堂，至少已经安息了。唉，是啊，我们至少该确信这一点，因为胡安·卡洛斯从来没伤害过任何人。就写到这儿吧，我心怀种种愿望，等待您的回信。拥抱您，

内利达

衣柜的抽屉中，在一串儿童念珠、一根圣餐蜡烛，以及一沓写着男孩阿尔韦托·路易斯·马萨名字的圣人卡片旁，放着一本仿珍珠母封皮的书。她翻阅起来，直到找到一个宣告末日审判到来的段落。

***

亲爱的莱昂诺尔夫人：

今天下午，我一从市中心给孩子们买完东西回来，就看到了您的信。得知胡安·卡洛斯临终前已做过忏悔，并以基督徒的方式下葬了，我不禁如释重负。无论如何，这都是一种巨大的慰藉。您最近还好吗？精神是不是好点了？我的心情仍旧十分低落。

此刻，我鼓起勇气告诉您，他到科尔多瓦之后，第一次给我寄了几封情书到巴列霍斯。他对我讲了一些让我永生难忘的事情，我本不该向别人提起这些，因为如今我已结婚，上帝保佑，还生了两个健康的男孩，一个八岁，一个六岁。我不该沉溺于那段往事，可每当我夜间惊醒时，总是想着，要是能再看看胡安·卡洛斯当初给我的信，一定会宽慰许多。塞莉纳的事情发生后，我和胡安·卡洛斯不再来往，并退回了彼此的信。我俩并未讨论过这件事，然而有一天，我忽然收到了以前发往科尔多瓦的所有信件，因此，我也寄还了所有他写给我的信。我不清楚他有没有烧掉那些信，也许没有……我把信用一条淡蓝色缎带捆好，只因它们来自一个男孩；可他寄回我的信时，却将它们胡乱地塞进一个大信封，这着实让我生气，因为他没有依我们还在一起时约好的那样，用一条粉色缎带把信捆好——这正是别人会看重的事。不过，这都是些陈年旧事了。

如今，天晓得那些信还在不在。如果您找到了，会不会全都付之一炬？您会怎样处理胡安·卡洛斯的私人物品？我还记得，有一次他藏了块沾有另一个女孩胭脂的手帕，他故意告诉我这件事，就是为了让我生气。所以我想着，如果您觉得这不是件坏事，并且找到了他给我写的那些信，也许会把它们寄回给我。

好吧，夫人，希望您继续给我写信。让我惊讶的是，您的笔力看起来像个年轻人，祝贺您，毕竟最近这段时间，您承受了太多痛苦。这些信不会是请人代笔的吧，当真不是吧？

劳烦您别忘了，我的信是用淡蓝色缎带捆好的，由于没有信封，很容易认出来。我收集信件时，愚蠢地扔掉了信封，因为在我看来，它们都经过了他人之手。您不觉得我说得对吗？在邮局里，信封经过很多人的手，然而里面的信只有可怜的胡安·卡洛斯一个人触碰过，除此以外就只有我了，只有我俩，再无他人染指，里头的信纸确实私密极了。因此，您不用再看信的抬头，仅凭淡蓝色缎带，便能认出哪些是我的信。

好了，夫人，愿您见信安好。拥抱并亲吻您，

内妮

她合上信封，打开收音机，开始把身上穿旧的家居服换成外出的衣裳。音乐节目《探戈对决波莱罗》刚刚开播。探戈和波莱罗舞曲交替响起。探戈舞曲讲了一个男人不幸的遭遇：在冬雨中，他想

起那个月光下的热夜，他与自己的爱人相识，然而在第二天的雨夜里，他又失去了爱人。让他害怕的是，即便明天太阳升起，她也不会回到他身边，这或许预示着她的死亡。最终他恳求道，倘若他的爱人未能归来，院子里的天竺葵也不必再开放了，因为花瓣转瞬即凋零。随后，波莱罗舞曲讲述了一对恋人分离的故事，虽然他俩情投意合，男方的一些秘密却使得两人注定要分开：他没法告诉她真相，不过他恳求她相信自己，只要情况允许，他一定会回来，正如一条渔船，但凡没有被加勒比海的风暴摧毁，就会回到港湾。节目结束了。她继续照着镜子，涂好口红，用过天鹅绒粉扑后，她将头发往上盘，试图做出一种几年前时兴的发型。

***

亲爱的莱昂诺尔夫人：

在我还没收到您的回信，正打算给您写信时，就幸运地接到了您的来信。我欣慰地知悉，最近探望您的人比之前少了，您的日子便能清净一些。人们是出于善意才这么做的，却不知道探望的人太多，也会成为负担。

我之所以给您写信，是因为我忘记在上一封信里问您，胡安·卡洛斯是不是土葬的，是葬在墓穴里还是某个家族墓地里。我希望他没有被土葬……您是不是从没进过尚在挖掘的土坑？倘若您用手去触摸那坚硬的土层，便会感觉又冰凉又潮湿，还混着尖锐的碎石块，而土壤较为松软的地方更糟，因为里面有虫子。我不明白，难道这些虫子是为了寻找食物，唉，索性别提了。我真搞不懂，它们是如何爬进那厚实的硬木箱子的。除非过了许多年，箱子烂掉以后，虫子才能爬进去。可我还是不明白，人们为什么不用铁或钢来做棺材呢？一番回忆之后，我终于想起来，似乎是我们自己把虫子带进去的。我记得在什么地方看到过，医学院的学生在太平间解剖时发现了这些虫子。我记不清是从书里读到的，还是别人跟我说的。要是他葬在墓穴里，即便无法一次性放入许多花，还是比土葬好不少。我宁愿他葬在美丽的家族墓地里，哪怕墓地不归他家族所有，也会显得他受人爱戴。夫人，此刻我记起是谁告诉我这件让人不舒服的事了，我们体内有虫子，这话正是胡安·卡洛斯本人说的，所以他才想要火葬，这样虫子便无法啃食他的尸体。倘若这件事让您感到困扰，请您原谅我，可我要是不跟您聊这些回忆，还能和谁说呢？

是这样的，我不知该如何对您说起，我是怎么开始和胡安·卡洛斯通信的。说来蹊跷，淡蓝色的缎带不见了。您找到那么多信了吗？奇怪的是，胡安·卡洛斯曾对我发誓，那是他第一次跟女孩通信。当然了，后来那么多年过去，即便我们再给彼此写信也无济于事，因为我们已不在一起了。我脑中浮现出他早已抛弃再和女孩通信的想法。我只是偶然一想而已。

他给我的信，用的都是一样的信纸，他去科尔多瓦前，我买了那些信纸和一支钢笔，当礼物送给他，也给我自己买了一册。那种白纸上的褶皱宛若生丝。信的抬头时常变换，没用我的名字。他说这是无奈之举，要是我母亲看见了，还可以告诉她，那些信是给其他姑娘的。我最看重的是信上有1937年7月至9月的日期。倘若您读了点那时的信，不要相信他写的一切都是事实，那是胡安·卡洛斯的恶作剧，他总爱写些胡话让我生气。

我恳求您尽量找到信件，如能将它们寄还给我，我将不胜感激。满怀爱意地吻您，

内妮

她猛然起身，信封还没填好，墨水瓶也没盖上，钢笔在吸墨纸上迅速沁出一个圆形墨点。她将

折过的信塞进围裙口袋底部，然后关上卧室门，除去粘在卢汉圣母像上的绒毛，用来装饰衣柜的圣母像雕刻得极尽精巧。她脸朝下倒在床上，一手拨弄着床罩边缘的丝绸流苏，另一只则摊开手掌一动不动，一直伸到枕头中间身着女奴服饰的洋娃娃附近。她叹了口气，拨弄了好几分钟流苏。突然，她听见孩童说话的声音爬上了公寓大楼的楼梯。她松开流苏，摸了摸口袋里的信，确定没有人能发现它。

***

布宜诺斯艾利斯

1947 年 6 月 30 日

亲爱的莱昂诺尔夫人：

我刚刚收到了您的信，比我想象的要早得多，因此心情十分激动，可是，当我意识到您没有收到我的上一封信时，感到很失望。我一周前就写信给您了，会不会有什么问题？我担心那封信已经被人从信箱里拿走了。您如何确保塞莉纳不会去找那些信呢？还是说她不知道您有个信箱？如果塞莉纳发现了信件，可能会烧掉它们。

您瞧，夫人，倘若您需要大量时间去辨认哪些信是我的，不如干脆把所有信都寄来，稍后我会寄回那些不属于我的信。我深爱着胡安·卡洛斯，夫人，原谅我因此做的所有错事，这一切都是因为爱。

请尽快给我回信，给您一个拥抱，

内妮

她起身，换好衣服，清点了一下钱包里的钱，出门上街，穿过六个街区，走到了邮局。

***

布宜诺斯艾利斯

1947 年 7 月 14 日

亲爱的夫人:

　　距我上一次给您写信已经十多天了,到现在还没收到回复。我想告诉您我所想到的一切。您没收到的那封信,天晓得去哪儿了,后来我又给您寄了一封,您还是没收到?或许是您改变了心意,不再喜欢我了。有人对您说了些什么吗?关于我的坏话?他们对您说了什么?要是您能看到我现在情况有多糟就好了,什么都没法让我提起劲来。我更不能对自己的丈夫和孩子说些什么,所以今天,我一给孩子们喂完午餐,便上床休息了。这样一来,至少我不必躲闪、掩饰。我的脸憔悴极了。我告诉孩子们我头痛,好让他们给我片刻安宁。早上,我去市场买好东西回家做饭,同时女佣负责打扫卫生,孩子们放学回家后,我们便共进午餐。中午,我丈夫不回家。一个上午就这样匆匆过去,然而,下午才真叫人愁绪万千啊夫人。幸运的是,最近女佣洗过碗后就下班回家了，不过昨天和今天她没来，我昨天费了些劲把碗洗干净后才去睡觉，可今天不行，我连餐桌都没收拾就直接去睡了，我要独自待一会儿。这是能让我放松的唯一方式。我紧紧关上门，让房间里暗下来，这样便能幻想和您一同走到胡安·卡洛斯的墓前，我俩一起哭泣，直到情绪得到宣泄。此刻是下午4点，阳光灿烂如春[1]，我没有去外面散会儿步，而是把自己关在屋里，不让任何人看见我。脏碗碟在厨房的水槽里堆积如山，我待会儿再去处理。有件事您知道吗？今天，一位女邻居来还我昨天借给她的熨斗，我差点毫无理由地对她摆臭脸。我在发抖，因为我丈夫会提前下班回家，希望他能晚些回来，这样我便能寄出这封信，一定可以的。但我真的很想见您，请您说说在我没有见到胡安·卡洛斯的这些年里发生的一切。我对您发誓，夫人，嫁给马萨之后，我就不再想胡安·卡洛斯了，只当他是一位朋友。可现在，我不

1　阿根廷位于南半球，七月是冬季。——编者注

知道自己是怎么了，想着假如塞莉纳没有在背后说我坏话，也许此时此刻胡安·卡洛斯还在人世，早就与某个善良的女孩或和我结婚了。

在此附上《我们的邻居》的一份剪报，春分日那天出版的，我推测是 1936 年，是的，没错，因为当时我刚好二十岁。这就是所有事情的开端。倘若您不介意，请您稍后把它寄还给我吧，这也算是某种纪念。

春日庆典

遵照习俗，为庆祝春天来临，社会体育俱乐部于 9 月 22 日星期六[1]举行了一场隆重的舞会，当地的和声管弦乐队为活动伴奏。午夜中场休息时，优雅的内利达·费尔南德斯小姐当选为 1936 年的春日皇后，本刊刊登了她的窈窕倩影。上一届 1935 年的皇后、迷人的玛丽亚·伊内斯·利努齐

1　1936 年 9 月 22 日应为星期二，原文如此。经核查，全书大部分日期对应的星期均有误，因数量众多，后文不再逐一注释。——编者注

小姐与这位新晋皇后一同出现。随后，俱乐部的筹办委员会以"华尔兹的三个时代"为主题，展示了去年的盛况，该环节由热情的劳拉·P. 德·巴尼奥斯夫人主持，她还朗读了几句悦耳的评论。本次音乐舞会的尾声，是一支在十九世纪末的维也纳风靡一时的华尔兹舞，由内利达·费尔南德斯小姐和胡安·卡洛斯·埃切帕雷先生热情演绎。一如德·巴尼奥斯夫人的致辞，他们无疑证明了"爱的力量能够逾越万难"。罗德里格斯小姐、萨恩斯小姐和费尔南德斯小姐打扮得光彩夺目，她们的舞伴也极为优雅，身着完美的礼服，一对对璧人交相辉映。而另一方面，别忘了这是一项极为艰巨的任务，因为要舍弃睡眠和休息，深入钻研历史与音乐的内涵，并且仅凭几次仓促的排练，就得将它们顺畅地演绎出来。这令我们想到一个哲理：有多少人在这如戏的世界来来往往，在每一天行至舞台尽头时，却没有意识到自己在人生的舞台上扮演了怎样的角色！虽然全场最热烈的喝彩属于最后一对舞者，但我们的编辑部向所有人致以同样的祝贺。这是一场人心所向的、方方面面都极为难忘的盛会，它吸引众人聚在一起，兴高采烈地起舞，直到 23 日凌晨。

对了，我还没告诉您最重要的事——我为什么要写这封信：请您尽快给我回信，倘若我一直这样魂不守舍下去，我担心我丈夫会觉察到什么。

拥抱您，您的

内妮

又及：难道您不打算再给我写信了？

她将信和剪报折了三下，装进一只信封里。她猛地把它们抽出来，拆开信再次读了一遍，随后拿起那份剪报亲了几下。她重新将信纸和剪报折好，塞进信封并合上，将它紧紧地贴在胸口。她打开碗柜的抽屉，将信藏进餐巾之间。她的一只手向头上伸去，将手指插进头发，用短短的暗红色指甲挠了挠头皮。她点燃煤气灶，以便用热水清洗餐具。

第二章

SEGUNDA ENTREGA

贝尔格拉诺 60-11[1]

我想跟勒妮通话……

勒妮，我知道她不在了，

我想跟您聊聊。让我们交谈，

这忧郁的傍晚，使我多愁善感，

勒妮，我知道她不在了，

让我们交谈，有您也是一样。

——路易斯·鲁宾斯坦[2]

---

[1]　在早期的电话服务中，拨打电话时必须向接线员说明要接通的交换机名称，交换机通常以街区、路名或地标命名。贝尔格拉诺（Belgrano）是布宜诺斯艾利斯北部的富裕街区。

[2]　路易斯·鲁宾斯坦（Luis Rubinstein，1908—1954），阿根廷作曲家、诗人、记者。

布宜诺斯艾利斯

1947 年 7 月 23 日

亲爱的莱昂诺尔夫人:

我等了那么久，可您一点消息也没有！将近四周没收到您的信了，希望没有发生什么不好的事情。不会的，我想我们也该转运了，对吗？假如我再遭遇什么不测，我真不知该如何承受了。您为什么不写信来呢？

今天是周六，我让我丈夫下午带孩子们去附近的里弗球场看比赛。谢天谢地，我可以独自待在家里，如果我丈夫再来质问我，我不知道自己会说出什么话来。他说我一直哭丧着脸。

您最近怎么样？在巴列霍斯时，每个周六下午都有女孩到我家里喝马黛茶。我想，如果我今天在您家附近散步，有塞莉纳在，我不会上您家喝马黛茶的。为什么所有麻烦都开始了……只因为一些微不足道的事情。一切还要从我在阿根廷平价商店当打包工时说起。由于我、塞莉纳和玛贝尔上小学时就是朋友（我打工时，她俩已经毕业，成了老师），玛贝尔又是个富家千金，所以我那时就开始去社会俱乐部玩了。

您瞧，夫人，我承认我做了错事，一切都源于我没有听从母亲的劝告。她并不是个恶毒的女人：她只是不想让我去社会俱乐部跳舞。哪种女孩会去社会俱乐部？要么衣着光鲜，要么父母身份尊贵，要么是老师。您应该还记得，在商店工作的女孩只会去娱乐俱乐部。母亲对我说，别往不属于我的地方挤，那样只会自找麻烦。结果一语成谶。那一年，我被选中筹备春日庆典的节目，塞莉纳却没有。众所周知，玛贝尔一定会被选上，毕竟她爸爸在俱乐部是个说一不二的人物。第三个姑娘也不是会员，不过那是另一回事，就不说了。首次彩排时，有我们三对被选上的女孩、弹钢琴的德·帕廖罗夫人，以及德·巴尼奥斯夫人，她用标好图示的特殊教材教我们舞步。德·巴尼奥斯夫人让我们所有人来回走动，并希望德·帕廖罗夫人先连续演奏三首华尔兹让我们听听看。就在这时，塞莉纳来了，她开始在我耳边说话，我没法集中注意力听音乐。她告诉我，她不想再跟我做朋友了，多亏了她我才获准加入俱乐部的，而现在，她没被选中参加春日庆典，我却没有帮她说话。她让我别接受俱乐部的邀请，却没向玛贝尔提出类似的请求，这令我生气。为什么不敢对玛贝尔这么说呢？就因为玛贝尔有钱，而我没有吗？还是因为我只念到了六年级，而她是老师？我不理解，塞莉纳为何要牺牲我，而不是另外一个女孩。我跟塞莉纳说过无数次，她不是故意被冷落的，只因为她身材娇小，而从布宜诺斯艾利斯租来的演出服都是中码的。德·巴尼奥斯夫人见我俩在说话，没有听音乐，气得七窍生烟，从那以后，她对我的态度就大不如前了。

我最生气的是：塞莉纳想让她哥哥和玛贝尔在一起。您知道的，胡安·卡洛斯曾经跟玛贝尔好过一阵，后来不了了之。那是在和我交往之前。看起来，塞莉纳还是想跟玛贝尔家结亲。

工作日我通常傍晚 7 点才从商店下班，所以没法跟塞莉纳和玛贝尔见面，不过周六她俩会在午休时到我家喝马黛茶。妈妈会为玛贝尔梳头，好让她晚上去跳舞，因为玛贝尔是个不会自己梳头的姑娘。我清楚地记得，第一次彩排是在周一，接下来的一整周，我都没在街上见到塞莉纳，这真是太奇怪了。到了周六，玛贝尔独自到我家来了，如果她不来，我会决定退出排练的。假如她没来就好了，可命运之书早已写定。那天下午，玛贝尔用手敲门，喊我的名字，这一切都是注定的，想到这一点，我不禁有些害怕。现在想来，那一刻我是多么快乐，连手里握着的东西都掉了。如今我已判若两人，今天一整天我都没梳头，因为我太想死了。

然而，为了了结我和塞莉纳的事，我老实跟您说：她当时在我耳边讲，如果没有她，我不可能进入社会俱乐部，还说阿斯切罗医生的事尽人皆知。去阿根廷平价商店上班前，我在阿斯切罗医生的诊所当接待员，还为病人准备注射。我突然离职后，大家都说，我俩肯定有什么上不了台面的秘密。医生已经结婚，有三个子女。好了，夫人，我得赶紧收笔，我丈夫如果走进来，肯定会读这封信，您能想象这个场景吗？等周一他不在家的时候，我会再给您写信的。

**

25 日，星期一

亲爱的朋友：

我独自活在这世界上，真是寂寞。如果我消失了，我婆婆或别的什么人将会抚养孩子们，总之都是比我更好的人选。昨天，我将自己锁在屋子里，我丈夫强行闯了进来，我以为他会杀了我，可他并没有动我。他走到我床前，将我翻过来，因为我把头埋在枕头里；我像个疯子一样朝他脸上吐唾沫。他说，我要为这件事付出代价，不过他忍着没有动手。我原以为他会把我脑袋敲破。

不止这些，今天早上，我忽然想起了阿斯切罗，这让我喜怒参半，仿佛这些年从未过去。我没有像爱胡安·卡洛斯那么爱他，我此生唯一的挚爱是胡安·卡洛斯。阿斯切罗是个自私自利的家伙。眼下的问题在于，我这辈子再也见不到我的胡安·卡洛斯了，别让他们火化他！都怪阿斯切罗和塞莉纳，是他们让我失去了胡安·卡洛斯，现在他已永别人世，我却一辈子都要忍受马萨这个讨厌鬼。一切都是塞莉纳的错，您的女儿有副蛇蝎心肠，一定要看好她。既然我在向您倾诉，我将告诉您，我是如何被生活困住的：当年我十九岁，经人安排在阿斯切罗那儿做护士。有一天，诊所里没有其他人，我咳嗽了，于是他为我听诊。他立刻伸手开始抚摸我，我羞得赶紧跑进卫生间，把衣服穿好。我告诉他，这都是我的错，因为我一时懒得去找另一个医生看病，对此我很抱歉。您瞧，我当时多么愚蠢啊。那件事就这样草草收场，可我整晚都在做噩梦，生怕他会再次为难我。

一天，我们必须驱车前往一座小农庄出急诊，给一个产后大出血的女人输血，经过我们的奋力抢救，她脱险了。临走前，主人邀请我们喝一杯，所有人都很开心，我也喝了点酒。在路上，阿斯切罗让我斜靠着车窗闭上眼，好在路上睡半个钟头。我事事都听他的，可闭上眼后，他就轻吻了我一下。我一言不发，他把车停了下来。我想，写下这些蠢话真是白费笔墨，我为自己的一时糊涂付出了多大的代价！

此后，一有机会我们就见面，甚至在诊所里也会，与他妻子的房间仅一墙之隔；后来她觉察到了，我便只好去商店里当打包工。他再也没来找过我。

可这都是为了什么？您瞧，这样的生活会让我死掉的：除了做家务、骂孩子，别无其他。早上，每个神圣的早上，我都必须把他们从被窝里拽出来。最糟心的是大一点的，他八岁，上二年级，幸好小的那个今年也要上幼儿园了。我让他们喝牛奶，帮他们穿衣服，陪他们去学校，抽他们耳光——男孩子真烦人，一个刚消停，另一个又来捣乱。回家的路上，我会去买东西，一切都在市场里买，那儿便宜很多，但也更累人，因为要挨个摊位逛，还得排队。与此同时，女佣已经在家里做清洁了，也会帮我洗衣服，我则会自己做饭；如果有空闲，我早上还会把衣服熨好；下午，这些调皮鬼连午觉也不乐意睡。他们小时候截然不同，多么美好，我恨不得把他们含在嘴里，小婴儿太可爱了，要是在街上或照片里看到一个小婴儿，我就高兴得跟疯了似的。可他们一眨眼就长大了，变得简直像野蛮人。午睡期间，我的孩子总是不停叫嚷，他们12点半到家，我让女佣负责接他们。因为要经过几个非常危险的街区。

在巴列霍斯时，境况迥然不同！下午我会见一个朋友，我们一起聊天，听广播剧，当然了，是在我不用去商店上班的时候；可在这儿，来布宜诺斯艾利斯之后，我又得到了什么？我一个人也不认识，邻居是些刚来的意大利人，非常没有教养；还有一个金发女郎，我丈夫坚信她是被人包养的。我找不到可以聊天的人，一个都没有。到了下午，我一面监督孩子们做功课，一面试着做点针线活。您知道把两个孩子关在屋里是什么样子吗？他们在家具之间玩小赛车。幸运的是，我暂时没什么好家具，所以我并不想请巴列霍斯的人来家里做客，以免别人来过之后会说，我家里的陈设上不了台面——这种事曾经发生过一次，我不会告诉您是谁，说了又有什么好处呢……

您看，现在是傍晚6点，和往常一样，我头疼欲裂，我丈夫一回家，我的处境就更糟糕了：如果晚餐还没做好，他会想要立刻吃饭；如果晚餐做好了，他却想先去洗个澡。您瞧，这不是坏事，可他一到家，我就开始乱摔东西。他的归来让我愤怒，然而这毕竟是他的家，他回这里有什么错呢？您也许会问，既然如此，我干吗要结婚？刚结婚时我并不缺耐心。但我对这种生活忍无可忍了，每天都一样乏味。

今天早上，我又去动物园了，那儿离我家很近，坐公交车只需十分钟。有一天，一个男孩对孩子们说，动物园有只出生不久的小狮子。昨天是周日，我们去看了，实在是可爱！如果钱够花，我想在下个月初买一只小狗或一只名贵的小猫。那只幼狮很可爱，它蜷缩成一团，紧紧依偎在母亲身边，亲热极了。今天早上，我忍不住又独自去了一次，那儿空无一人。幼狮四脚朝天躺在地上翻滚嬉戏，然后藏到母亲身下。就像几个月大的婴儿一样。我每天都得出门，我不记得跟谁说过，我没法在这个家待下去了，再也无法忍受这两个孩子了，噢，对了，我突然想起来，是一个在市场里卖水果的小贩，一个老太太。有一天，她告诉我，我看上去总是心绪不宁，排队的时候也很不耐烦。我说，我能怎么办呢？她回答说，等年纪大了，人就会慢慢静下来的。也就是说，年轻时我得默默忍受，等老了再追悔莫及吗？您瞧，如果我丈夫再不留心点，我会送他下地狱的。您觉得，我还能找到一个让我重获新生的小伙子吗？

我喜欢以前的小伙子，现在的年轻人都长着一张难看的火鸡脸。但也不全是这样，一次偶然的机会，我看见一些非常英俊的年轻人，我已经很久没见过一个真正好看的小伙子了。当时，我去一家俱乐部给孩子们办注册手续，那里的年轻人看起来就像当年社会俱乐部里的。很明显，他们都在二十五岁以下，而我已经三十了。可您瞧瞧，俱乐部的人有多浑蛋，他们要求必须有会员当我们的推荐人，然而，我们在布宜诺斯艾利斯几乎谁也不认识。我把这件事告诉了我丈夫，他却不置可否，似乎是说，你自己想办法吧。唉，亲爱的夫人，想到不久我又要看到他那张脸了。如果他不在这儿，还会有人注意到我吗？不过，我已经准备好了，在末日降临的那一刻，我会和胡安·卡洛斯一块儿离开。夫人，身体与灵魂能够复活，对我们而言，这是何等的宽慰啊！正因如此，倘若胡安·卡洛斯被火葬了，我一定会陷入绝望……他英俊极了，您的儿子实在是优秀，而您的女儿真是个贱人，如果她在我身边，我一定会掐死她。她对我做的事，都是出于嫉妒，您瞧，我知道她那些破事，有个阿尔瓦雷斯家的男孩在她十六岁时就摸过她，随后，她在一个又一个男人身边流连。到了二十岁，再没有人想在舞会上请她跳舞，因为她太黏人了，直到她去旅行推销员的酒吧混，这才不缺跳完舞后送她回家的人。

可她哥哥被我俘获了，这让她十分生气，这也是为什么她会告诉您阿斯切罗碰过我。但碰过我的只有这一个，何况那时我还年少无知，而她的名声早已被玷污，直到那些人终于厌烦了她。她一直单身，并因此而抓狂，她一直都是单身！这个白痴，她不晓得结婚才是最惨的事，和一个到死都甩不掉的男人绑在一起。我现在倒想做个单身女人，她不知道，她才是最后的赢家，她是自己的主人，想去哪儿就去哪儿，我却被判了终身监禁！

她将笔狠狠地朝水槽扔去，拿起写好的信笺，把它们撕成了碎片。一个男孩从地上捡起笔，查看了一番，对他妈妈说，笔摔坏了。

***

亲爱的莱昂诺尔夫人：

愿您见信安好，身边有亲友相伴。我犹豫再三，才下笔给您写信，但我得先跟您澄清：感谢上帝，我有个令人艳美的家庭，我丈夫的为人无可指摘，深受同行尊敬，并且让我衣食无忧；我的两个儿子都挺漂亮，尽管我这个当妈的不该如此吹嘘，但既然我俩都很坦诚，我该把事实一五一十告诉您。我没有任何怨言，不过，我此前给您的那些信可能会让您产生奇怪的想法，认为我是个软弱之人。身为母亲，您在这种情况下必定承受了巨大的痛苦，对此我思绪万千，您如果知道我与您感同身受，也许能得到一些安慰。我陪伴过您，可如今您不需要我了，因为您不再来信，那就让我告诉您吧：没人能把我当一块洗碗巾一样随手扔掉。

我不明白您为什么保持沉默，但为了防止有人用谎言毒害您的耳朵，我想把全部事实亲口告诉您，在这之后，您就可以评判我了。我只有一个要求：如果您已打定主意不再写信给我，至少把这封信寄回来，倘若信封被拆开，便说明您已经读过了。这样的要求过分吗？

好吧，我不该跟您这么说话，仿佛该怪罪的人是您一样，事实上，编故事给您听的人才是罪魁祸首。既然他们不想让您看到真相，那就让我来吐露吧。以下便是我的一生……

我父亲供不起我上学，把我送去林肯师范学院的话，家里会很困难，他只是个园丁而已，但他是个光荣的园丁。妈妈在外面帮人熨衣服，她把挣的钱都存进了银行，这样我结婚时家里就什么都有了。现在我的确不缺什么，但不是因为可怜的妈妈做出的牺牲，我父亲去世前，她存下的钱都当作他的医药费花光了。总之，塞莉纳去上了学。所以她比我要好。

很好，我跟胡安·卡洛斯还没聊多久，他就感冒了，一直没有痊愈。现在，该让塞莉纳知道了：夜里，我和他在门边闲聊，聊得越热络……

他就越晚去寡妇迪·卡洛的住处。每个人都跟我说，胡安·卡洛斯会穿过铁道口的栅栏，径直去那个看似贞洁的寡妇家。吸他血的是她，不是我。直到他不再到那儿去，因为如果他还跟她保持联系，我就不肯见他了，我之所以这么做，当然是自私恋人的嫉妒心作祟。我哪里会知道，那张肺部的 X 光片上会出现阴影呢？请您注意：如果说，在跟我约会后，胡安·卡洛斯还去过寡妇家，那是因为他待我像一位绅士。

接着，他就去科尔多瓦了。三个月后回来时，他变得容光焕发。我就直说了吧：就算阿斯切罗的妻子当着女佣的面骂她丈夫，说他和我有一腿，那也证明不了什么。您却信了这些编造的故事，借此反对我跟胡安·卡洛斯订婚。可是，我犯错的证据在哪儿？您从来没有过。

然而，胡安·卡洛斯继续跟寡妇见面了吗？并没有。供您参考：这件事一直是我的心结，因为有一天，在我们彻底决裂之前，我识破了胡安·卡洛斯的一个谎言……他的外套口袋里藏着一块小手帕，塞得很深，是女式的，带着香水味。我没看清手帕上的第一个字母，因为上面绣了很多花纹，不过我敢肯定不是字母"E"。寡妇迪·卡洛的名字是埃尔莎（Elsa）。他告诉我，手帕属于他在科尔多瓦认识的一个姑娘，他说他是个男人，有自己的日子要过，可就在我要他把手帕交给我保管时……他将手帕一把夺走了。这意味着手帕的主人是个巴列霍斯的姑娘，您不觉得吗？我当时不知道该向谁发泄，我告诉他，我要割开那个无耻寡妇的喉咙，他很严肃地跟我说，那寡妇已经"用"不了了，男人的这种话，对女人来说太伤人了，即便他说的是埃尔莎·迪·卡洛。后来，我心里永远留下了一个结。

之后麻烦来了，我们也渐行渐远，然而，可惜您不再寄信给我，不然我们或许能撕下杀害胡安·卡洛斯的真凶的面具。那才是您的女儿塞莉纳应该针对的人，而不是我。既然塞莉纳单身，她有的是空闲时间，可以做些力所能及的事，帮助查清真相。

还是说回胡安·卡洛斯的信吧，请您扪心自问，想一想那些信到底属不属于我。您忠实的，

内利达

附注：如果您不答复的话，这将是我最后一次给您写信。

在她前面的桌边，一个男孩正用铅笔在作业本上工整地写下四行"miau"和四行"guau"[1]。在桌腿和椅腿之间，另一个男孩搜寻着一个赛车形状的小玩具。

---

1 "miau"和"guau"均为拟声词，分别形容猫和狗的叫声。

第三章

TERCERA ENTREGA

> 浑身香气袭人的女孩，
>
> 我希望能得到她们红唇的亲吻……
>
> ——阿尔弗雷多·勒佩拉

相册

黑白相间的牛皮外封，内页则是羊皮纸。第一页上用墨水写着：**胡安·卡洛斯·埃切帕雷，1934 年**；第二页为空白；第三页印有豪放的字体，与长矛、套索、马刺和高乔人[1]的腰带等图样

1　高乔人（Gauchos）是拉丁美洲民族之一，分布在阿根廷潘帕斯草原、乌拉圭草原和巴西南部平原地区，属混血人种，由印第安人和西班牙人长期结合而成，习惯于马上生活。

一起，组成了**我的祖国与我**。之后右页开头都印有题词，左页则没有。题词包括："我出生于此，美丽的潘帕斯……""我敬爱的双亲""如野草般生长""跟萨米恩托[1]一样去上学""要有信仰，不要野蛮""我的第一根骑马腰带""与姑娘们谈情说爱""没有第一个，就没有第二个""为国旗效劳""一个高乔男人和他爱人的婚约""婚礼上的点心""我的孩子"。最后三行题词被人特意用大照片遮住了，以同样的方式，其余的右页上也夹着大照片，左页则是一组组小点的照片。左页第一组照片：一对老头和老太太坐着的照片、老太太的半身照、老头的半身照、巴斯克省[2]一个村庄的街道、几个月大的婴儿、坐在一辆由白马拉着的马车上的一家人。

右页第一张大照片：一个浑身赤裸的金发男婴，才几个月大。左页第二组照片：一男一女，男

1　指多明戈·福斯蒂诺·萨米恩托·阿尔瓦拉辛（Domingo Faustino Sarmiento Albarracín，1811—1888），出身贫苦的阿根廷总统。

2　巴斯克省（Provincias vascongadas），即巴斯克自治区，位于西班牙北部，北临比斯开湾，东北隔比利牛斯山脉与法国相邻。

人穿着西装配马甲和长礼服，女人穿着及踝的黑色长袍；这对夫妻手里抱着两个孩子；身着长袍的女人以不同姿势和两位老人及两个孩子拍的三张照片。右页第二张大照片：甜橙树和棕榈树之间的一个水池边围着线条简洁的栅栏，池中坐着一个赤脚的三岁男孩，仅穿一条白色的裤子，边通过奶嘴吸瓶子里的牛奶边晃动着腿，他身旁是一个穿白色长袍的女人，她怀抱一个光着身子的小女孩，女孩只有几个月大，正在拨弄女人项链上数不清的可以转动的珠子。左页第三组照片：海边，身穿时髦的衣服、撑着日式阳伞的一家人以不同姿势拍的照片。右页第三张大照片：一座由圆形小花坛组成的花园，边上围着铁丝网栅栏，紧靠栅栏的花坛里有盛开的晚香玉和风信子，花坛中间都种着一棵矮棕榈树，被一个男孩挡住了一半；他穿着一件圆边外套，系着波希米亚风格的领带，齐膝长的裤子下面是浅色绑腿；一个鬈发女孩，头戴一朵大而透明的白色蝴蝶结，穿着白色上衣和由衬裙撑起的短裙。之后左页的各组照片，一直到相册的最后一页，分别是二十世纪二三十年代不同时期的照片，有个小伙子频繁出现，一头盖住耳朵的浅棕色长发，运动员体格，脸上始终挂着笑容。其余的右页，如前文所述，都是一张较大的照片，依次为：一块空地上设有吊床、秋千、用于体育活动的单杠和吊环，背景是铁丝网栅栏，远处是零星散布在平原上的房屋，杂草丛生；一个浅棕色头发的少年靠在单杠上，直视镜头，领口的纽扣没有扣上，系黑色领带，手臂上戴孝，过膝的中裤，黑色长袜直抵大腿，脚穿一双凉鞋；他旁边是另一个少年，黑色鬈发从巴斯克贝雷帽下露了出来，衣服破旧，他仅凭一只手便拉住了吊环，悬挂在空中，双腿和躯干成直角，一脸狂野的喜悦；一名年轻警员的脸，黑色的鬈发油光锃亮，黑眼睛，鼻梁挺直端正，鼻翼外突，浓密的胡子，一张大大的嘴，照片上写着"献给胡安·卡洛斯，是朋友更是兄弟，潘乔"。上述两个年轻人微笑着坐在一张桌边，桌上摆着啤酒瓶和四个酒杯，两人的大腿上坐着两个年轻女人，她们穿着低胸装，满脸倦容，面孔因浓妆艳抹而有些变形。吧台后面放着几个细颈大肚瓶、一桶葡萄酒，架子上则摆着罐头食品、调料、香烟和酒瓶。角豆树下的乡村图景，草地上铺了块野餐布，上面摆满炸肉排、水煮蛋、玉米饼和水果，背景中，年轻男女悠闲地坐在野餐布边的草地上；一个留黑色波浪短发的姑娘，头发衬着她完美的鹅蛋脸，一双带有黑眼圈的黑色大眼睛，漫不经心的表情，小巧的鼻子和嘴巴，一条印花纱裙在胸口束紧；一个浅棕色头发的小伙子，敞着衬衫露出胸毛，像拿匕首一样拿着叉子，正要刺向一盘炸肉排。上一张照片里的姑娘再次出现，以一种照相馆里的姿势坐着，不过神情还是那么漫不经心，裙子的领口垂在胸前，戴着珍珠项链，留着中分长直发，发尾鬈曲，照片上写着"真诚问候，玛贝尔，1935 年 12月"；同一个女孩的脸，梳着同一种发型，只是额头上多了一根头巾，题词写着"玛贝尔留影，1936年 6 月"。三对男女的合照，分别穿着王朝复辟时期、第三帝国时期和世纪末的服饰，穿着世纪末服饰的姑娘离镜头最近，一头金发高高地盘在脑后并露出后颈，一双浅色的明眸神采奕奕，仿佛在观察或想象着某种美好的事物；她有轻微的鹰钩鼻，脖颈修长，身材苗条。以山峦和白杨林为背景，那个一头浅棕色头发的小伙子，比之前更消瘦，皮肤晒成了古铜色，脸上是他特有的微笑；他裹着彭丘[1]，宽大的白色长裤提到腰部以上，毛衣扎在里面；照片上的题词为"永远献给我的老妈妈和小妹妹，胡安·卡洛斯，1937 年于科斯金[2]"。站在生日蛋糕旁，举着苹果酒祝酒的，是一个身材矮小的姑娘，她前额的秀发高耸，四方领的每个角上都别着一枚胸针；还有一个着装朴素的年长女人，以及那个浅棕色头发的小伙子，他比以前更瘦了，一双大眼睛在脸上深陷下去，对着自己的酒杯难以察觉地微微一笑；浅棕色头发的小伙子坐在一辆马车上，其后是群山和仙人掌，由于照片拍摄时几乎完全逆光，其细节已经难以辨认。

1　彭丘（Poncho）是一种源于美洲的无袖斗篷，原住民在哥伦布发现新大陆之前就已开始穿彭丘。

2　科斯金（Cosquín）是阿根廷科尔多瓦省的一座小镇。

小姐的卧室，1937年

进门右手边是一张稍大的单人床[1]，床头靠墙，上方有一尊耶稣受难像，由木质十字架和铜耶稣像组成。床左侧是包含四个架子的小书架，上面摆着师范学院的课本和几部小说。课本用棕色的书皮包好，上面贴着"玛丽亚·玛贝尔·萨恩斯，布宜诺斯艾利斯圣柱圣母学院"的标签。床右侧放着床头柜，上面有盏床头灯，灯罩是带绿色斑点的白纱，与窗帘和床罩的布料一致。床头柜的玻璃板下压着一张马德普拉塔[2]"珍珠"海滩的明信片、一张门多萨省蓬特-德尔印加[3]的明信片和一张敦实的小伙子的照片——他穿着整洁的乡村服装，站在一匹马和一个固定马肚带的工人身边。

---

1 原文为"una cama de plaza y media"，是一种介于单人床和双人床之间的床型。——编者注

2 马德普拉塔（Mar del Plata）是阿根廷布宜诺斯艾利斯省大西洋沿岸的一座城市。

3 蓬特-德尔印加（Puente del Inca）意为"印加桥"，是位于阿根廷门多萨河支流上的一座天然拱。

床尾则铺着一块白、黑、棕色相间的兔皮。床对面的墙上有扇窗户，窗户一侧是一块摆放洋娃娃的木板，洋娃娃的头发栩栩如生，眼珠子还会转；窗户另一侧是带镜子的抽屉柜，上面放着一面手镜和几把带有天鹅绒刷柄的刷子。刷子环绕着一个小牛皮相框，相框里的照片上是一个坐着的姑娘，裙子的领口垂在胸前，戴着珍珠项链，留着中分长直发，发尾鬈曲。墙上的其他装饰物还包括：一个珍珠母的洗礼池、一组三所学校的小旗、一尊木质圣德兰像，以及一组镶在玻璃相框里的照片，共有四张，是某次露天烤肉时拍的，照片里是一个穿着整洁的乡村服装的敦实小伙子。天花板中央有一盏枝形吊灯，正门对面是一整面墙的衣柜。床、床头柜、抽屉柜、镜子、吊灯和衣柜，都是所谓普罗旺斯风或乡村风格的，用深色木材制成并精心包铁；木板和书架则用上过清漆的浅色光滑木材制成。衣柜里挂着外套、大衣和两条浆洗过的白色带褶围裙。挂衣架的横杆上系了一个装满芬芳的薰衣草干花的小丝绸袋。衣柜侧边的一排抽屉里，分门别类地放着内衣、女式衬衫、手帕、袜子、毛巾和床单。绣花的亚麻床单之间藏着一个热水瓶的套子，上面装饰着用羊毛做成的花和蕾丝边。套子里装着《婚姻教育》与《爱的真谛》这两本科普书。两本书之间夹着一张照片：一对年轻男女和其他年轻人一起围坐在一块野餐布边，女孩的神情漫不经心，男孩则拿着一把叉子对准了盘子。照片背面写着如下一段文字：

我的爱人：

这是我生命中最幸福的一天。我从未想过你会属于我！就是春分日那天。请藏好这张照片，直到一切都安排好再说。我故意写了些唐突的话，这样你就没法给别人看这张照片了，因为在照片里，我看起来像个傻瓜，有点太"嗨"了。你知道的，他们都想把我塑造成一个酒鬼呢。

此刻，我会牵着你的手，带你去天堂，或者至少是某个遥远的地方。你还记得小湖边的垂柳吗？我一直忘不了它们。

我越来越爱你了。

胡安·卡洛斯

1935 年 9 月 21 日

在同一个抽屉底部，用图钉钉住的白纸下面，藏着两期《女性世界》杂志，分别是 1936 年 4 月 30 日和 6 月 22 日的。其中的"心的通信"专栏刊登了一位署名为"迷惘之人"的女读者来信，以及专栏编辑玛丽亚·路易莎·迪亚斯·帕尔多的回复。第一期上的来信为：

亲爱的朋友：

这份杂志我已经订阅一年多了，而且总会读您那令人兴奋的专栏。可我没想过，有一天我不得不来寻求您的建议。我目前十八岁，是一名教师，家境优裕。一个善良但前景不明的男孩爱着我。他还非常年轻，有发展空间，但我的家人不喜欢他。

他是个会计，可是因为经常旷工，与上级闹得很不愉快。有段时间他不停地感冒，而且总觉得疲惫。我信任他，然而大家都说他太爱玩乐，到处拈花惹草，一周至少有一次会和他那些狐朋狗友喝得酩酊大醉。近几个月，他一直带我去散步、跳舞。起初，我的确全身心爱着他，可每天（傍晚下班后，他会来我家那道临街的门边，我则在那儿等着，免得他进屋或者按门铃。我们会在镇子的街上或广场上溜达一阵，如果天气太冷，我们就待在门厅，我俩的亲密举动不会越过那里）等他离开后，我一进屋就得忍受父母的责备，那些责备如滴水穿石般影响着我。就这样，我每天盼着他过来，然而，一瞥见他帅气的身影走近，我就开始紧张。我害怕妈妈——或者更糟的情况是，爸爸——会出来，要求我的追求者给出解释，或说出一些含沙射影的伤人之语，这一切都让他觉得，我和他在一起时脾气不好。我跟他说，这都是因为我是第一年当老师，何况还是教五年级，自然会觉得紧张。可让我苦恼的是这样一个问题：我到底爱不爱他？最近，一个新角色在这场纷争中登场了：一个英国裔的年轻牧场主，尽管不如"他"英俊，但更会取悦人，他借着和父亲的交情，经常来我家，对我百般讨好。眼下的难题是……他邀请我和一名同伴（我将选一位姨妈）在 5 月 25 号那天去他的牧场度四天假。我父母非让我去不可，而"他"持反对态度。我已决定……要去了，因为如此一来，我便会知道自己到底会不会想"他"。可要是"他"就像警告过我的那样，以后再也不理我怎么办？

朋友，我静候您的真知灼见，您的

迷惘之人

布宜诺斯艾利斯省

编辑的回信这样写道：

叫人羡慕的迷惘之人：

我并非羡慕你在精神方面的困惑，而是羡慕你在生活中拥有的许许多多。我认为，你不会为了你的追求者而和父母断绝关系。对在幸福、殷实的家庭里长大的年轻女孩而言，你的情况相当典型。你如果选择维持这段恋情（请原谅我用这个词来形容），就会破坏家庭的和谐，而你早已感到这种和谐受到了威胁。相信我，别为了一段恋情而付出这么巨大的代价。你还年轻，还能等待真正的白马王子到来，这样大家都会满意。祝你在牧场玩得开心，要学英语，试着学会在最后而绝非在开头说"yes"……它意味着同意！少用这个单音节词，你便能征服整个世界，更重要的是，这将保证你和你的父母幸福。随时为你效劳

玛丽亚·路易莎·迪亚斯·帕尔多

1936 年 6 月 22 日刊登的一封来信如下：

亲爱的朋友：

生活的恶作剧落到我身上了。您的建议完全正确，可又出现了一些意料之外的变故。实际上，

我的追求者因我去牧场度假一事大发雷霆，我们为此最终分手了。我得老实告诉您，在牧场时并不像我之前想象的那样，我和那位绅士长时间相顾无言。我们分开时，他要我给他一个答复，但我回答说，既然我的言谈举止没能让他有所表示，那或许还没到说这个的时候。他答道，这就是英国人的个性，不善言辞，他羡慕那些能说会道、滔滔不绝的拉美人，然而跟我在一起时，即便一言不发，他也感到自在。所谓表示，只是我所认为的一种形式罢了，譬如说，他没为我采花，或者没放我喜爱的唱片（相反，总让我听他喜爱的唱片）。可他误会了，他觉得，我怪他是因为他没有主动和我亲热。他辩解说，倘若我们有缘，以后的日子还长着呢。他太不浪漫了，对吗？我衷心想要一个热情的吻，好让我早点搞清楚自己是否喜欢他。无论如何，我没给他什么承诺。"Yes"是什么意思？我的词典里没有这个词！如您所料，他已给我的父母写了信，请我们全家去度两周寒假，从7月9号开始。我们也许会接受邀请。可眼下我要告诉您的事情太让人悲伤，几乎难以承受，以至于我不知该如何去形容。

从乡下牧场回来后没过几天，爸爸将我叫到一边，我们的家庭医生正在他办公桌前等着。医生用确定的口吻跟我说，最近的检查结果显示，我此前的追求者的肺有些问题，染上了一种虽处于早期但极具传染性的疾病！我简直不敢相信自己听到了什么，甚至以为这是爸爸的诡计。医生还说，我最好别再跟他来往，既然两周前我们就已分手，我应该好好利用这个托词，在他痊愈之前别再跟他见面了。隔天，我在商店里碰到了我前任追求者的母亲和妹妹，感觉她们对我挺热情的，但非常悲伤。我这才不得不相信医生所言不虚。妈妈没问我的意见就在第二天约了医生，下午5点给我拍X光片。我们已经看到了检查结果：我很健康。

好了，眼下我怎样才能帮助这位亲爱的朋友呢？在这一刻，我为让他受苦而倍感羞愧。也许有朝一日，生活会让我们的命运再度交汇，因为我觉得我是真心爱他的，还是说只有怜悯而已？我的知心朋友，我请求您帮我厘清我的真实感受。急盼

回复，

迷惘之人

布宜诺斯艾利斯省

编辑的回复如下：

迷惘但高尚的人：

我确定你会渡过难关的！毫无疑问，如今你对他只是心怀同情，加之对往昔美好时光的怀旧。我向医生咨询过，你可以在采取一定防护措施的前提下，以朋友的身份探望他。别离他太近，要习惯于见他时只是拍拍他，道别时可以跟他握手，然后必须立刻用肥皂洗手，再将手在酒精里泡一泡。没错，你可以向他展露友爱，但不能太突然，也不能让人起疑心，一切都需要等待合适的时机，因为这种患者是很敏感多疑的。别让他感受到你的同情。鉴于他的性格，这样对他的伤害是最大的。

说到你的未来，要记住，英语是一门奇特而

优美的语言。再见。

玛丽亚·路易莎·迪亚斯·帕尔多

在同一期的《女性世界》杂志里，有两页图片被剪掉了，相关图片的文字描述如下：

以云纹丝绸制成的性感鸡尾酒会套装，搭配朱丽叶的便帽，灵感源自米高梅电影公司之巨制、莎士比亚之不朽杰作《罗密欧与朱丽叶》引领的新风尚。供图：米高梅

当红电影新星迪安娜·德宾为年轻女性展示了一套亮眼的骑行服，白色亚麻布质地，边缘以活力满满的红色"锯齿"装饰。供图：环球影业

前文所述的卧室窗外，可见一个长满葡萄藤的院子，葳蕤的葡萄藤在搭成顶棚的铁丝网上攀爬、缠绕。更远处便是种有玫瑰和茉莉的花坛，尽

头是一棵大无花果树，高出旁边紧挨着一块地的土墙，这块地上正在建新警察局的两层楼房。其中一个泥瓦匠正拿巴斯克贝雷帽来遮阳，一头乌黑的鬈发从帽子下面探了出来。他的头发跟他那张大嘴上方浓密的胡须一般黑，也跟他正从脚手架上注视的眼珠子一般黑。他的目光穿过无花果树的枝丫，看向种着玫瑰、茉莉和葡萄藤的院子，看向那扇拉上了绿色斑点白纱窗帘的窗户。

记事本　1935 年

3 月

14 日，星期二，圣玛蒂尔德，王后[1]。

磨得起毛的破旧记事本！今天我先从寡妇写起吧。

15 日，星期三，圣塞萨尔，殉道士。

1　天主教徒按照圣人历，将每一天与一个或多个圣人联系起来，称其为该圣人的瞻礼日。这里使用的可能是阿根廷当地的圣人历，与罗马通行圣人历有出入。——编者注

我提出预支十五个比索的要求，好给寡妇买礼物，以及应付日常开销。

18 日，星期六，圣加百列，大天使。

在"克里奥尔姑娘"小赌一局，佩里科开车经过。

19 日，星期日，圣若瑟。

俱乐部办了一场米隆加舞会，我请佩佩和巴罗斯兄弟喝了两轮酒。下次该他们请我喝了。

22 日，星期三，圣勒阿，修女。

19 点和克拉丽塔有个约会。

23 日，星期四，圣维克托里安，殉道士。

和阿马利娅在"克里奥尔姑娘"约会，弄一辆车来。

25 日，星期六，圣母领报节。

寡妇，凌晨 2 点。

26 日，星期日，复活节。

同意和妈妈、塞莉纳一块儿去做弥撒，10 点（被担架抬着去？）。

30 日，星期四，真福阿梅代奥。

和阿马利娅在"克里奥尔姑娘"约会，跟佩里科借车。由于感冒而取消了这次约会，叫潘乔去告诉阿马利娅。不行，潘乔不可靠。让那个胖女人坐着等，她就不会累了。

4月

4日，星期二，圣依西多禄，殉道士。

拿到扣掉预支金额后的薪水。混账东西！

6日，星期四，圣策肋定，殉道士。

没有去工作，流感，卧床休息，旧疾复发。

7日，星期五，圣阿尔韦托，殉道士。

没有去工作，流感，卧床休息。

10日，星期一，圣特伦西奥，主教。

没有去工作，流感，起床，在家休养。

11日，星期二，利奥一世，教宗。

又被困住了。

20日，星期四，圣阿达尔吉萨，童贞女。

在俱乐部里赌钱，赚了一百二十美元！

22日，星期六，圣安瑟莫，主教。

带潘乔去"克里奥尔姑娘"赌钱，巴罗斯兄弟发誓，一定要让我输光。

23 日，星期日，圣阿尔韦托，殉道士。

出门去做弥撒，请求克拉丽塔原谅。

在她祖母劝说之后，已跟克拉丽塔解释清楚，我用我的名声发誓，绝没有辜负"娴静的"寡妇。

27 日，星期四，圣伊达和圣齐塔。

在"克里奥尔姑娘"喝醉了，所以放了寡妇的鸽子。爱出风头的潘乔吐到了桌子上。别忘了跟"软心肠的"寡妇道歉。

7 月

7 日，星期五，圣里塔。

放假的女学生们坐 20 点 15 分到达的火车从布宜诺斯艾利斯来。去看一眼。

8 日，星期六，圣阿德里安，殉道士。

社会俱乐部办了一场米隆加舞会。借钱给潘乔去"克里奥尔姑娘"赌。他输了。我又在社会俱乐部喝起了酒。

9 日，星期日，圣普罗科皮乌斯。

没去做弥撒，真是无法原谅。世界上最美的姑娘被一个可怜鬼放了鸽子。以咳嗽为借口，整天待在房间里。其实心里想的是：一觉睡到12点真爽！

10 日，星期一，圣费利克斯，殉道士。

我看到她了！她信了我妹妹的鬼话，可真是谢谢你啊，塞莉纳！"看来你很有责任心，宁愿周日待在家里，等感冒好了，周一再去上班。"她看起来太美了……

13 日，星期四，圣格肋多，教宗。

已经三天没见她了。23点半与寡妇约会。

14 日，星期五，圣文都辣。

谢谢，圣文都辣[1]！刚结束九日祷告[2]，我就偶遇了她。玛贝尔，玛贝尔，玛贝尔，玛贝尔。她约

1　作者在这里用了一个双关，文都辣（Buenaventura）在西班牙语中意为"好运气"。

2　九日祷告（Novena），天主教的一种祷告仪式，持续九天，在某些信仰天主教的国家或地区（如拉丁美洲）是盛大的节庆事件。——编者注

了塞莉纳和她哥哥（正是在下）晚上 10 点去看电影。这是我有生以来最没心思看懂的一部电影。

15 日，星期六，圣亨利，皇帝。

在玛贝尔家跳了一支亲热的米隆加舞，在前厅告别。世界尽属于我。

16 日，星期日，加尔默罗山圣母。

我又回到了布宜诺斯艾利斯。此刻我可以当一名修女[1]，住到修道院里。谁能阻拦我？这就是我的使命。

9 月

10 日，星期二，圣加西弥禄，殉道士。

还有十天。

11 日，星期三，圣赫尔曼，国王。

还有九天。

12 日，星期四，圣塞拉芬，主教。

还有八天。

1　此处原文即为阴性名词"monja"，而非"monje"（修士）。——编者注

13 日，星期五，圣爱德华，国王。

还有七天。

14 日，星期六，圣加里多，主教。

还有六天。我在"克里奥尔姑娘"输给他们九十七美元。

15 日，星期日，圣德兰，童贞女。

信守承诺做弥撒。还有五天。

16 日，星期一，圣加洛，殉道士。

还有四天。在"克里奥尔姑娘"与阿马利娅约会，跟佩里科借车。

17 日，星期二，圣雅德维加，殉道士。

还有三天。

18 日，星期三，圣路加，福音书作者。

后天……

19 日，星期四，阿尔坎塔拉的圣伯多禄。

明天！

20 日，星期五，圣伊里亚，童贞女。

从布宜诺斯艾利斯来的火车于20点15分到站。

她比我记忆中的还要漂亮！！！我们握了手。

当着老夫人的面。

21 日，星期六，圣玛窦，使徒。

春分日，也是学生的假日。你怎么这么晚才到！去"拉卡罗拉"牧场徒步、野餐。

7 点半在现代咖啡馆前见面。塞莉纳带了食物……**我是全世界最幸福的存在，我对上帝发誓，我要像一个真正的男人那样作为，我发誓不告诉任何人，并且要娶她为妻。**

22 日，星期日，圣莫里斯，殉道士。

离开的火车于 10 点半出发。十二月还有很久才到……她在她母亲面前对我抛了个飞吻。这会儿，她应该已经回到学校了。

第四章

CUARTA ENTREGA

探戈向舞池投下的阴影

同样迫使我回顾往昔,

让我们起舞,思考令我痛苦

而我的绸缎长裙流光四溢。

——奥梅罗·曼齐 [1]

1937 年 4 月 23 日, 星期四, 5 点 50 分, 日出。微风自北向南轻轻拂过, 天气局部多云, 气温 14 摄氏度。内利达·恩里克塔·费尔南德斯睡到 7 点 45 分, 被她母亲叫醒。内利达把头发分成几股, 拿纸条绑住, 再用包裹整个头部的黑色发网

1　本名奥梅罗·尼古拉斯·曼齐奥内(Homero Nicolás Manzione, 1907—1951), 阿根廷诗人、记者、探戈舞曲作曲家。

固定起来。一条黑衬裙充当睡衣，配上一双没有后跟护垫的旧麻鞋。她花了三十七分钟洗漱、梳妆，包括中途喝她母亲端来的五杯马黛茶的时间。梳头时，她想起前一天和商店里的女收银员的争吵，想起早饭不该选择咖啡加牛奶配面包和黄油，想起 11 点时，胃里将会产生消化不良的不适感，想起应该在衣服口袋里放一小包薄荷香片，想起每天中午回家时走路总是轻快又急促，想起昨晚在家门口照例跟胡安·卡洛斯吵上一架的情景，还想起了要用合适的洗涤液来除掉白鞋上的泥点子。化妆时，她想到自己的脸可能由此散发出怎样的诱惑力，还想到了她听说的对于她的黑眼圈天然的明暗效果是好是坏的议论。8 点半，她走出家门，穿着一件前襟系扣、圆领、长袖的蓝色棉质制服。8 点 42 分，她走进阿根廷平价商店。8 点 45 分，她已在打包台后自己的工位上站着了，和收银员及收银台在一起，另外二十七个工作人员都待在各自的岗位上，随时待命。9 点，商店正式营业。9 点 15 分，打包工包装好第一笔订单——一打半男士西装纽扣。11 点到 12 点，她得抓紧时间打包，免得顾客久等。12 点，商店暂停营业。12 点 7 分，最后一位顾客从商店离开。12 点 21 分，内利达回到家，洗过手，看见父亲正在后面的棚屋里磨修枝剪刀——他明明看到她进的门，却低下头，没跟她打招呼。她坐到桌边，背朝烧着柴的炉子。她父亲走进屋里，在水槽里洗手，里面有一口脏平底锅，同时责备她昨天晚上不顾寒风刺骨，从 22 点开始和胡安·卡洛斯在门口闲聊，几乎到午夜时分才道别。内利达一言不发地小口喝汤，她母亲端上煮土豆和煎肝。每人都喝了大半杯酒。内利达说，她走进商店的时候，那个女收银员根本不理她。她从一串葡萄上摘了几颗下来，然后回到屋里休息。她想起商店经理，想起他常穿戴的可拆卸硬领，想起被人指为他情妇的女售货员，想起她有次正巧在地下室里撞见他俩，她承诺会保密，让他们相信自己是个谨慎之人，以换取某些好处；想起阿斯切罗医生和他迷人的短袖工作服、背带，想起他脱去工作服后便没那么好看了，想起阿斯切罗太太有一条从中国进口的丝质长裙，想起女佣拉瓦迪娅的灰色制服；想起阿斯切罗医生家房子的正面，一米高的黑色大理石基底与粉刷成白色的墙对比鲜明；想起胡安·卡洛斯家房子正面的砖墙，以及在街上便能看见的种有棕榈树的庭院；想起胡安·卡洛斯那件条纹衬衫浆过的领子，想起他抱怨浆过的领子弄得他脖颈处的皮肤都红肿了起来，想起胡安·卡洛斯让她吻他红肿的皮肤；想到倘若胡安·卡洛斯发现她的生活中还有别的男人之后，可能会抛弃她，以及她随之而来的挣扎；想到有必要在婚前的几周内对胡安·卡洛斯保密，想到他可能会在新婚之夜发现这件事，随后在布宜诺斯艾利斯的一家旅馆里掐死她；想起阿斯切罗医生诊所里消毒剂的气味，想起阿斯切罗医生橄榄绿的汽车，想起他们在小农庄里救活的女病人；想到窗外的阳光照得她睡不着，想到为了下床把百叶窗关好所需的一番挣扎，想到屋里暗一点可以让她的眼睛舒服些。13 点半，她母亲叫醒了她，给她端来了一杯香甜的马黛茶。14 点，她已做好了动身的准备。14 点 13 分，因为走路匆忙，她上气不接下气地回到商店。14点15分，她准时站到打包台的工位后面，突然意识到一个中号纸卷已经用得差不多了，她瞥了一眼经理在不在，却没有看到。她琢磨着，在她去地下室找备用品时，经理也许会经过这里，看到她没在岗位上。女收银员还没回到凳子上。内利达跑去地下室，但没有找到备用的纸，回来时，她和经理撞了个满怀。经理一叉腰，煞有介事地从口袋里掏出怀表，对内利达说，你迟到了。内利达回答，她是到地下室找东西去了，然而没有找到。她站在工位上指给他看不多的一点纸卷。经理回答，那纸卷是足够用一天的，如果用光了，就用大号纸卷，把纸卷的宽边当物品的长边来包装。他看都没看内利达一眼，继续说道，做事情是要动脑子的，无论如何必须按时到岗。他边说边转身扬长而去，不给她回答的机会。14点半，商店再次开始营业。四四方方的货物和"精品部"的商品是最好打包的，给帽子打包就比较困难了。平日里，内利达最喜欢打包的是缝在矩形硬纸板上的一打打叮当作响的促销纽扣；相反，她最害怕打包的是新开的"常青部"的盆栽。她与顾客亲切交谈，顾客们乐于看到她在打包时谨慎的动作，以免弄坏帽子上的羽毛。女收银员也附和着说了几句恭维的话。等顾客走远后，女收银员这天头一回认真打量了内利达，还说那经理真是个混蛋。18点55分，商店准备停止营业。19点10分，最后一名女顾客拿着打包好的拉链和购物发票出了店。内利达临走时，表情冷漠地告诉经理，地下室里没有备用的中号纸卷，同样不等他回话便扬长而去了。外面的空气很舒适。她心想，等会儿待在她家门口就不冷了。路过"联盟"酒吧时，她懒洋洋地朝屋里瞥了一眼，只见胡安·卡洛斯头发散乱，背对着她，正坐在一张四人桌前摇色子。她停下脚步，希望胡安·卡洛斯能转头，又不禁想瞧瞧其他桌上的情况。阿斯切罗医生一边跟一个朋友喝开胃酒，一边打量着她。内利达的脸烧得通红，于是继续往前走。她母亲正在拖浴室的地板，告诉她没多少热水了——她爸爸刚洗过澡。内利达不悦地问，浴缸到底洗干净了没有，她母亲反过来问她，自己是不是个乡下的脏婆子，还提醒她说，每次她从商店下班回来，浴缸可都洗干净了。内利达有点恶心地拿起一块洗衣皂，她不得不用这块肥皂洗澡。她泡在半满的浴缸中，水面只露出了头。她记得"礼品部"有一款新品，是一只椭圆的无色树脂礼盒，里头是能让洗澡水散发出香味的半透明嫩绿色薄片。她担心廉价肥皂可能会在她的皮肤上留下消毒剂的气味。等她把身体仔细冲洗一遍之后，从水龙头里流出的水已变凉了。她把身体擦干，闻了闻双手，心绪渐渐平复。她想起周日下午胡安·卡洛斯没带她去社会俱乐部跳舞，而是带她看了电影；想起她在俱乐部里已经没有其他女伴了；想到了塞莉纳，想到塞莉纳的绿眼睛，想到绿眼睛的猫；想到她也许会跟一只公猫做朋友，或者跟一只母猫做朋友，轻轻抚摸猫的脊背；想到一只长了疥疮的老母猫，想到了怎么治好它的疥疮，喂它吃的，从食品柜里挑最漂亮的盘子倒新鲜牛奶给它喝；想起周日那天，胡安·卡洛斯的母亲在做完九日祷告后回家，正好撞见他俩从电影院里出来，她十分冷淡地跟两人打了个招呼；想到阿斯切罗医生的妻子可能会自然死亡或死于意外事故，随后阿斯切罗也许会和她结婚，等度完蜜月后，她就抛弃阿斯切罗；想到了在纳韦尔瓦皮[1]的避雪所里和胡安·卡洛斯约会的计划，而阿斯切罗正穿着丝绸睡衣从火车的卫生间里出来，从过道走向包厢，轻轻用指节叩门，白白等待里面的回音，结果开门一看，只见一封信，信里写着，她早已在上一站下车，别再去找她了；与此同时，胡安·卡洛斯到避雪所赴约，见她穿着黑裤子和高领黑毛衣，一头铂金色的头发披在肩上，两人紧紧抱在一起，内利达最终投入真爱的怀抱。内利达想起浴室的地板也许还没干，便穿好衣服拖干了地板。她母亲吃掉了剩下的肝，内利达吃了炸肉排和生菜鸡蛋沙拉，晚上她父亲则没有像往常一样坐到桌旁吃饭。20 点半，她们将收音机打开，调到一个正播放着西班牙歌曲的电台。她母亲一边听歌一边收拾餐桌，内利达则

1　纳韦尔瓦皮（Nahuel Huapí）是阿根廷内乌肯省南部的冰川湖，为阿根廷最著名的游览地之一。

用一块湿抹布擦干净桌上铺的油布，打开针线盒，拿出还未给扣眼锁边的衣服。21 点，播放西班牙歌曲的节目结束了，开始放乡村宣叙调音乐会。21 点 20 分，内利达开始重新打扮。21 点 48 分，她倚在大门旁等待。22 点 5 分，她望见胡安·卡洛斯在一个街区外的远处。22 点 20 分，内利达和胡安·卡洛斯发现，她父母卧室里的灯已经关了。两人迈过人行道，往街心走了几步，一如既往，内利达靠在支撑着薄铁皮屋檐的金属柱上，她习惯性地闭上双眼，迎接今晚的第一个吻。她暗想，如果教堂门廊里那个要饭的老妇人将一把匕首塞进自己手里，她一定会欣然同意杀死塞莉纳的。胡安·卡洛斯再次吻了她，这次他用双臂紧紧搂住她。内利达接受了他的爱抚、更多的吻和甜言蜜语，还有热烈程度不等的拥抱。她闭上眼睛，问胡安·卡洛斯是否打算在假期里休息一下，然后问他下午在去酒吧之前做了些什么。他不置一词。内利达睁开双眼，发现他松开了自己，迈了一步走向她父亲精心修剪过的女贞树篱。内利达的眼睛睁得更大了，因为她看到胡安·卡洛斯伸出一只手，折下一节树枝。内利达说，自己已经一五一十地说过当天做的事情，为什么胡安·卡洛斯不能也说说看。胡安·卡洛斯辩解道，在某些事情上，男人有必要保持沉默。内利达察觉到，他浓密的鬈发中有几绺乱了，在一盏街心小路灯的白光照射下，闪烁着金属的光泽，不知为何，这让她想到了夜晚沐浴在路灯下，长满灌木和东倒西歪的野草的荒地。内利达又看了看他明亮的双眸，与塞莉纳的绿瞳不同，它们是浅棕色的，莫名让她想到精致的蜂蜜罐。胡安·卡洛斯合上眼帘，任由她揉着他那乱蓬蓬的头发。内利达看着他浓密上翘的睫毛，不知为何想起了展开的秃鹰翅膀。她细细打量着他——鼻梁笔挺、薄髭须、嘴唇厚实，她让他把牙齿露出来给她看。她不禁想起在教科书上看到过的旧式宅院，有着洁白的栏杆和高大、优雅、阴凉的廊柱。内利达看了看他脖颈处两块结实肌肉之间的喉结和他宽阔的肩膀，不知为何，她想到了生长在潘帕斯草原上节瘤丛生的坚韧树木，她最喜爱商陆和破斧木这两种。23点20

分，内利达同意他把手伸入自己的衬衫里。23 点半，胡安·卡洛斯跟她道别，并责备她太自私了。23 点 47 分，内利达用纸把头发分扎成许多个卷儿。入睡前，她想到胡安·卡洛斯那无可挑剔的面庞。

前文所述的 1937 年 4 月 23 日，星期四，9 点半，胡安·卡洛斯·哈辛托·欧塞维奥·埃切帕雷在他母亲敲门进入房间时才醒。胡安·卡洛斯对他妈妈和蔼的询问置若罔闻。茶水摆在床头柜上。他披上浴袍去刷牙。嘴里难闻的味道消失了。他回到卧室，茶已变得温热，他叫来母亲，让她把茶重新热一下。9 点 55 分，他在床上把一杯热腾腾的茶水一饮而尽，相信滚烫的茶对消除他胸部的病灶有好处。他想到，或许可以常常喝些热饮，把自己裹在温暖的毛毯里，脚边放上一只热水袋，再把头埋进羊毛围巾，只露出口鼻，尽可能提升他虚弱的呼吸器官的功能。他想到，也许可以几天甚至几个礼拜卧床不起，直到干热祛除肺里的湿气——潮湿和寒冷让他的肺都长青苔了。然后他又睡着了，梦到一些红砖、一个用来搅拌制砖材料的土坑、一个燃烧着的石灰池、柔软的砖坯、还在烧制的砖，出窑后坚固无比的砖、新警察局的建筑工地上露天摆放在一起的砖；潘乔让他看一堆没用的断砖，这些砖要打碎后回炉重做；潘乔告诉他，在工地上，一切都会物尽其用。12点，母亲来叫醒他，胡安·卡洛斯正在出汗。起床时，他觉得浑身上下都没有力气。他问母亲有没有热水让他洗澡，还问自己的胡子是不是太长了，没有刮掉就去看医生合适吗？他母亲回答道，确实得刮胡子了，每天起床后就该刮的，昨天晚上他睡得太晚了，再说了，即便不刮胡子就去见姑娘们，她们还是会喜欢他。她补充说，像他这种男孩子，重新回去上班之后，要习惯早起一点刮胡子，因为上班的时候必须注重仪容仪表，办公室可不是用来谈恋爱的。这时，塞莉纳来了，她身穿一件教师的白罩衣，用胳膊夹着几本练习册，她母亲对她使了个眼色，于是她问胡安·卡洛斯，昨晚直到凌晨3点，他一直待在哪里？是不是参加赌局输了钱？胡安·卡洛斯回答说，他并没有去赌钱。他母亲说，那就是去见内利达了。胡安·卡洛斯点点头。他母亲问，内利达的父母怎么会同意她待在人行道上，一直聊到凌晨 3 点的。见胡安·卡洛斯一言不发，母亲只好说，如果他想在午饭前洗澡、刮胡子，就请立刻去吧。12 点 55分，胡安·卡洛斯冲完澡，走了出来，可仍旧没刮胡子。他一走进餐厅，便意识到自己又发热了。他母亲和塞莉纳早已在桌旁坐好。胡安·卡洛斯扶着椅子，又想回卧室躺一会儿了。母女俩看着他，胡安·卡洛斯坐下，先喝天使细面汤，然后吃烤肉和土豆泥。胡安·卡洛斯盘子里的牛排厚实又多汁，三分熟，正合他意。他正准备切牛排时，发现额头已被汗水打湿。母亲劝他再睡一会儿，毕竟出汗后再受凉就更危险了。胡安·卡洛斯沉默地回到自己的卧室，过了几分钟，她们把饭菜装在托盘里，给他端到床上。胡安·卡洛斯注意到，牛排已经凉了。她们将牛排拿回烤炉里重新烤一会儿，塞莉纳把牛排两面各接触烙铁烤了几秒，以免肉烤得

太老，然而，胡安·卡洛斯还是觉得烤老了。母亲
和塞莉纳站在房间里，看他还有没有其他要求。胡
安·卡洛斯叫她们先去吃饭。他无精打采地吃完了
食物。母亲把作为餐后甜点的烤苹果端进屋时，胡
安·卡洛斯觉得自己好些了。他说，在感冒和支
气管炎发作前，他经常在洗澡后感到浑身燥热。他
和家人都对此感到困惑。这顿午餐挺合他的胃口。
母亲和塞莉纳去睡午觉，他穿着午餐时一样的衣
服——灰色法兰绒长裤、淡蓝格子薄法兰绒衬衫、
蓝色长袖外套——外加一件深棕色的带拉链皮夹
克，到街上去了。这身典型的富有地主打扮在街上
引起了各种反应。胡安·卡洛斯意识到，正在人行
道上和店员交谈的面包店主，对自己投来鄙夷的目
光，于是露出了满意的微笑。阳光烤热了空气，但
背阴处还有些凉意，胡安·卡洛斯选择走在一条晒
得到太阳的人行道上，拉开皮夹克的拉链。14 点
48 分，他来到"联盟"，当地最高级的酒吧。一个
坐在桌边喝咖啡的白发老人见他进来，热情地向他
招手。胡安·卡洛斯同意陪他去位于镇子几千米外

的一个庄园的饲养场。不过，他先点了杯咖啡，打了个电话：为了不让任何人知道他要去饲养场，他找了个借口，告诉护士他要取消跟医生的预约。胡安·卡洛斯想，或许医生再次检查后会告诉他，这一周的休息还是见效的；或许医生会让他延长休息时间直至下周，即他的假期结束后；或许能如自己暗示的那样，一整个冬天都得以居家休息；或许拍出来的 X 光片其实是个大误会，那张右侧肺叶有轻度阴影的片子并不属于他，而是属于另一个人，某个既不能近女色又不能纵情享乐、被宣判只能活两三年的可怜鬼。15 点 50 分，胡安·卡洛斯迎着阳光，悠然自得地在连着饲养场的草地上散步。他的朋友正在那儿和雇工们交谈。大地是深浅不一的土褐色，一个澳大利亚蓄水箱四周长着矮小的洋甘菊，茎是绿色的，开着或白或黄的花。胡安·卡洛斯想起小时候曾听人说，不能嚼洋甘菊的花，因为有毒。16 点 15 分，阳光已经变弱。胡安·卡洛斯想，要是他去了诊所，此时医生早已跟他说过他的健康状况了。16 点半，朋友在新警察局建筑工地前停车，让胡安·卡洛斯下了车。他们分开时，约好晚些时候在酒吧碰面。胡安·卡洛斯走进工地，跟一个电工打听潘乔在哪儿。在未完工的警察局院子里，三个工人正在粉刷给基层人员用的卫生间和洗澡间的墙面。潘乔大声保证说，他再干一刻钟就可以走了。胡安·卡洛斯耸了耸肩，潘乔一甩袖子，继续干活儿，可几秒之后，又像个淘气鬼似的向他跑来，递给朋友日思夜想的礼物——香烟，让他享用。胡安·卡洛斯在人行道上抽起烟来，每吸一口都倍加珍惜。一个女孩经过时瞥了他一眼。16 点 55 分，两位朋友来到火车站对面的小酒馆，那是潘乔穿连体工作裤时唯一敢进去的地方。胡安·卡洛斯问他，如果为了保命，不找女人、不喝酒、不抽烟，这样值得吗？潘乔答道，这类话题还是少说为好。喝完一杯酒后，胡安·卡洛斯又说，自己是诚心诚意问他的。潘乔不置一词。胡安·卡洛斯本想再说点别的，又打住了：倘若一个人不能像健康人一样生活，那还不如死了好；即使他不必戒掉女色和香烟，可他不得不像一头牲畜似的，在为区区四个生太伏[1] 累死累活了一天之后，还得回牧场水泵的龙头下冲凉，也不如死了好。胡安·卡洛斯又跟潘乔要了一支烟，他没有拒绝。胡安·卡洛斯十分感谢他，于是又点了些酒。潘乔问他，有没有趁着白天看看施工中的警察局院子，胡安·卡洛斯则问潘乔，昨晚他是不是又和女人鬼混了。潘乔说，现在是月底，他可没钱去"克里奥尔姑娘"。胡安·卡洛斯答应他，下个月第一天就和他一起去，还建议他去勾搭阿斯切罗医生家的女佣拉瓦迪娅。潘乔问，她为什么叫"拉瓦迪娅"[2]。胡安·卡洛斯说，因为她小时候屁股特别突出，跟母鸡的屁股很像；是她姨妈把她带大的，人们从在牧场时起就这么叫她了。17 点 40 分，他们不再讨论拉瓦迪娅。胡安·卡洛斯建议潘乔抓紧时机，不然别人可就抢先了。18 点，胡安·卡洛斯独自走进"联盟"酒吧，发现里面一个咳嗽的人都没有。农

1　生太伏（centavo）是广泛用于拉美地区的货币单位，100 生太伏等于 1 比索。

2　拉瓦迪娅（Rabadilla）在西班牙语中的意思是"臀部、尾骨"。

学家佩雷蒂、商人华雷斯和兽医罗利亚坐在靠窗的一张桌旁，胡安·卡洛斯想道：分别是绿帽男、倒霉蛋和铁公鸡。邻桌坐着三个银行职员，胡安·卡洛斯想：三个饿死鬼。另一张桌边坐着阿斯切罗医生和珠宝兼钟表匠罗伊格，胡安·卡洛斯想：一个是口臭的狗杂种，另一个是只会拍马屁的黄鼠狼。胡安·卡洛斯走向里间的一张桌子，有人在那儿等他打扑克牌，三个牧场主围坐在一起——胡安·卡洛斯想：一个绿帽男，再加上一个绿帽男和一个幸运的酒鬼。他身上再次开始发热，不过脱掉皮夹克后，这种感觉暂时消失了。他祈祷能跟昨天一样赢点钱，以便能支付两周假期里去酒吧和电影院的费用。他专心致志地打着牌。一个小时后，他感觉喉咙很痒，只得竭力忍住咳嗽，并环顾四周搜寻侍者的身影：他的第二杯咖啡还没端上来。他感到双腿发冷，然而从腰部向上蒸腾出一股热气，他只好解开衣领的扣子。侍者将咖啡端上来了。他的喉咙痒得更厉害了。胡安·卡洛斯马上把糖块的包装纸撕掉，等不及糖块全部溶化，就将咖啡一口气喝光了。他不经意地摸了一下自己的前额，感觉很烫，但没有汗湿。他想，这都要怪内妮家冰冷的前厅。他突然想到，她最近已经走出大门，到人行道上说话了。20点15分，他输掉几个生太伏后便回了家。他径直去了卫生间，用自己专用的肥皂、刷子和他母亲拿来的一壶开水刮了胡子。20点40分，他们围坐在桌旁。塞莉纳说，玛贝尔的母亲最近忙疯了，因为女佣不在，恰巧又赶上牛群拍卖的季节，而且玛贝尔的男朋友在巴列霍斯，常常登门拜访。吃过晚饭之后，塞莉纳演奏了从布宜诺斯艾利斯寄来的一张新专辑中的曲子，专辑名为《何塞·莫希卡和阿方索·奥尔蒂斯抒情歌曲集》。胡安·卡洛斯提醒她们，是时候抽经医生同意的每日一支烟了，他母亲顾左右而言他，问他下午医生怎么说的。胡安·卡洛斯回答，因为要出急诊，医生一个下午都不在诊所里。22点，胡安·卡洛斯离开家，走了两个街区的土路后，终于见到了内利达。确定她父母都睡着以后，两人在花园里拥吻。一如往常，胡安·卡洛斯求内利达让他得偿所愿，她也一如既往拒绝了他。胡安·卡洛斯想到内利达是 1936 年的春日皇后，于是紧紧搂住她，再次吻了她。他想起以前在许多女人身上用的那一套，觉得也一定会把她弄得服服帖帖的。可胡安·卡洛斯并没有伸手到内妮的腰底下。他正打算对她说，自己其实什么都懂，不过是装傻而已，因为——"哎哟，孩子，你身体虚弱，要是还不停止和女人鬼混，就活不了多久了。尽量少和女人打交道。我也不跟你多说了，如果下次还明知故犯，作为家庭医生，我会向你母亲告状的。"胡安·卡洛斯一时情动，忽然抓起她的手轻轻往下按，一直按到他裤子的门襟，但不让她的手碰到拉链，这是他常用的一种伎俩。内妮的手很抗拒。胡安·卡洛斯反而迟疑起来。他想，内妮家的花园里没有野生洋甘菊。有人说，洋甘菊的花有毒。这是真的吗？今年冬天，前厅里一定会很冷。天气变冷前，他偷偷计划的事情能成真吗？他想到有种蜂鸟，辗转于一个花冠与另一个花冠之间，从所有花冠里吸吮花蜜。这样看来，洋甘菊的花里会有花蜜吗？洋甘菊看起来那么干枯。他想到自己已经二十二岁，得表现得老成一点。他突然放开内利达，迈一步靠近女贞树篱，恼羞成怒地把一根枝条折断了。23 点 20 分，他认为应该摸一下她的乳房了，便将手伸进她的衬衫和文胸里，因为他觉得，应该让她对自己保持兴趣。23 点半，两人依依惜别。23 点 46 分，胡安·卡洛斯路过警察局的工地。整条街的窗户都是黑的，人行道上一个人也没有。他看到在一个街区之外，有对情侣正朝自己走来，过了五分钟，两人与他擦肩而过，在街角处拐弯，随后消失不见了。胡安·卡洛斯再次环顾四周，一个人都没看见。已经到了半夜时分，他们约好的时间。他的心跳得更快了。他横穿马路，走进工地。白天有太阳的时候，他已一五一十地记下了院子里的一切，所以尽管摸黑走路，也比昨晚轻车熟路。他想，对一个老人来说，想不借助梯子爬上将近三米高的土墙，是万万不可能的，而像他那样利用脚手架爬上去，更是完全办不到。在土墙顶上，他又想到，一个老人绝不会往下方的院子里跳。毫无来由地，他再次想起下午看见的那个女孩。她看着他，仿佛在撩拨他。他下定决心，一定要找机会追随她。她的家就在郊外的一个小农庄里。胡安·卡洛斯在皮夹克上擦了擦沾满灰尘的脏手，准备跳到下面去。

第五章

QUINTA ENTREGA

……她们令繁星艳羡，

我不知要如何度过没有她们的生活。

——阿尔弗雷多·勒佩拉

前文所述的 1937 年 4 月 23 日，星期四，玛丽亚·玛贝尔·萨恩斯——一般都叫她玛贝尔——在 7 点她的瑞士闹钟响起时睁开眼睛。她还是没法长时间睁着眼，于是又睡着了。7 点 15 分，厨娘敲门告诉她，早餐已做好了。玛贝尔觉得全身仿佛裹在蜂蜜或果酱里，脑子昏昏沉沉，神经迟钝。一切触感和声音一传到她的感官，就都变得微乎其微了。她脑子里一片空白，盈满了暖乎乎的空气。她的嗅觉却敏锐起来，鼻子抽动，先是闻到了白色亚麻布枕头上的杏仁味发油。这阵气味飘荡在她的胸腔中，逐渐扩散到四肢。7 点 25 分，她独自坐在餐厅里，喝着几乎冷掉的加牛奶的咖啡。她不想再让厨娘热一遍，而是要了几片刚烤好的香脆吐司，涂上黄油吃。7 点 46 分，她走进布宜诺斯艾利斯省教育厅管辖下的第一学校。7 点 55 分，铃声响了，该到院子里列队集合了。玛贝尔站在五年级 B 班的学生队伍前。校长问候道："孩子们，早上好！"学生们一齐答道："校长，早上好！" 8 点 1 分，铃声又响了。每支队伍朝着各自的教室走去。玛贝尔的第一节课是印加历史课。9 点、10 点和 11 点分别响起课间休息的铃声。正午准点响起上午课程结束的铃声。玛贝尔已经完成她上半天的教学计划：讲解关于利润、比率和本金的新知识；趁着学生在草稿本上演算数学附加题，她在课堂上批改完了作业，免得把学生的练习册带回家去；课间休息时告诉塞莉纳，吃完午饭后可能到她家去；尽可能不接触那些坐在教室后排、快要成年的男学生。12 点 20 分，她回到家时已饥肠辘辘。她母亲问她能不能待到 14 点，好等她父亲从牛群拍卖会回来共进午餐，还有可能等到她的未婚夫塞西尔。玛贝尔早就想好了该怎么应付她的话。厨娘单独给她煮了几只意大利饺子配鸡汤。她母亲因为要去洗澡、更衣，便不能再陪她。为了打扫家里的卫生，她忙活了一个上午。她并不习惯干这类活儿。玛贝尔吃完意大利饺子后，尝了尝烤鸡，但没吃点心。她的解释是，她想请塞莉纳帮她准备语言课，如果留在家里就不得不招待塞西尔，从开始吃午饭到饭后喝完白兰地，至少得花掉半个下午。13 点 45分，她不敲门便径直进入埃切帕雷家。塞莉纳同意了玛贝尔的请求，带她直接进了自己的房间。玛贝尔觉得眼皮沉得很，很难专注地听塞莉纳抱怨，譬如胡安·卡洛斯对母亲和妹妹态度差，肯定是内妮在煽风点火；他不留心自己的身体，昨晚和那个卑微的女人一直聊到凌晨 3 点，这样很容易染上肺结核。玛贝尔则告诉她，自己昨天晚上也只睡了不到四个小时，因为不得不陪着塞西尔和她父亲聊天。要是塞莉纳同意，她就留下来跟塞莉纳一起睡午觉。塞莉纳把床让了出来，自己则躺在地上的大垫子上。14 点 10 分，玛贝尔合上双眼，很快进入了梦乡。时针指向 17 点时，塞莉纳将她叫醒，还给她端上一杯茶。玛贝尔并不想喝茶，她离开了，匆匆赶回自己家。她答应过母亲，要陪她去看一场傍晚的特映电影。在她家的街角附近，她看见父亲和塞西尔在前厅里交谈，正打算上车离开。玛贝尔趁他俩还没看到自己，赶忙走进街角的一家杂货店，为了让自己在店里显得不过分突兀，她买了一大盒饼干。她在自己偏爱的两个品牌之间纠结：一盒印着洛可可式的贵妇图案，另一盒上则是一对时髦的漂亮情侣。17 点 15 分，她走进家里，算是实现了下午的计划：睡一个午觉以恢复精力；避开她父亲，不然他一定会逼她去陪塞西尔。虽然时间紧迫，母女俩还是打开了刚买回来的饼干盒。18 点 5 分，她们走进了"安达卢西亚"影剧院。这是镇里唯一的电影院，管理方是西班牙互助协会。玛贝尔仔细查看了以彩色瓷砖装饰的门厅里当天要放映的电影的海报，却失望地发现，上面的时装款式至少比当下流行的落后三年，她确信，美国最新上映的电影还要很久才能到巴列霍斯来。今天放映的是一部喜剧大片，场景令她心驰神往：宽敞的大厅、黑色大理石楼梯和镀铬的扶手、白色缎面椅子、白色缎面窗帘、蓬松的白色羊毛地毯、镀铬的桌腿和椅腿。大厅里坐着一名打字员，是个美丽的纽约金发女郎，她勾引了自己风流倜傥的老板，费尽心机让他和他美貌的妻子离婚。她终究没有将他搞到手，但又遇上了一个银行家老头，他向她求婚，还带她去了巴黎。最后一幕中，女打字员在她巴黎的住宅前，从一辆豪华的白色轿车上下来，怀中抱了一只白色的大丹狗，她裹在又轻又软的白色皮毛围巾里，趁机与司机交换了一个共谋的眼色。那司机是个生得英俊的小伙子，穿着黑色的皮靴和制服。玛贝尔想着富有的前打字员和司机之间的亲昵，想到或许因为司机感冒得厉害，他们热烈地做爱但不接吻。控制住不接吻的确需要一种超人的毅力，他们可以爱抚彼此，但不接吻。两个人整晚拥抱着，可接吻的念头在脑子里挥之不去——

他们为了避免传染，向彼此承诺不要接吻。夜复一夜，还是同样的煎熬。夜复一夜，当激情涌上心头时，他们的身躯在黑暗中如同镀铬一样熠熠生辉，镀铬的心脏绽开了，鲜红的热血向外喷涌而出，染红了白色的缎面、白色的皮毛；当镀铬的外壳已无法抑制灼热的血液时，两对嘴唇每夜凑在一起，赠给彼此禁忌之吻。19 点 57 分，玛贝尔和母亲回到家里。20 点 35 分，父亲和塞西尔走进了家门。他们为明天的拍卖会已安排妥当而心满意足，那是秋季市集上的最后一场拍卖会。塞西尔吻了吻玛贝尔的脸。他们喝了味美思酒开胃。21 点，他们在餐桌前坐下，吃了沙丁鱼配土豆和蛋黄酱，接着吃了葡式炖肉、奶酪和冰激凌。晚餐期间，主要是她父亲和塞西尔在说话，他们谈论着上午的生意和第二天待办的事情，并估算了这周的收支。到了喝咖啡和干邑白兰地的时间，他们就朝休息室里的扶手椅走去，然而，父亲突然提起他对赫里福德公牛价格的疑虑，于是将塞西尔拉进了书房。玛贝尔为他们送去了咖啡杯和干邑酒杯，然后和母亲在客厅里坐下，聊了会儿傍晚看的那部电影。22点半，客厅里只剩下玛贝尔和塞西尔，两人坐在同一张沙发上。塞西尔一次又一次温柔地吻她，摩挲着她的后颈。他提到他很疲惫，等市集结束后，他要到自己的牧场去好好休息；提到他打算读刚从英国寄来的历史类书籍：他的爱好便是阅读英国史。他喝了两杯味美思酒开胃，三杯葡萄酒佐餐，在书房喝了两杯干邑，坐在玛贝尔身边时又喝了三杯干邑。23点5分，他离开了。玛贝尔舒缓地呼出一口气，看了一眼她父母卧室的门关上没有。门关上了。她把那瓶干邑拿进自己的房间，藏在枕头底下，又回到餐厅，打开餐具柜，拿出两只干邑酒杯，放在藏起来的酒瓶旁边。她走进卫生间开始护肤。她涂上自己最珍视的法国面霜。她穿上一件时髦的短袖细麻布睡衣，找了两本杂志，让窗户虚掩，重新整理了一遍瓶子和杯子后，便上床了。23点37分，她惬意地躺在床上，开始翻阅《女性世界》和《优雅巴黎》。她先翻开《优雅巴黎》。她快速浏览了运动时装和街头时装的部分，脑子里仍想着塞西尔；和塞西尔待在一起的时间显得如此漫长，这让她忐忑不安。继续往后面翻几页，是鸡尾酒会时装的部分。玛贝尔耐心阅读了一会儿，但不太感兴趣。随后，一篇叫《香水物语》的文章引起了她的注意。在文中，根据法国专家的建议，上午时，清新的薰衣草香会勾起男人对女人的好感；中午过后，漫步博物馆和茶歇之时，变甜的香氛会愈发迷人，这种迷人的感觉会一直持续到鸡尾酒会的时刻；之后便是在夜总会的一场烛光晚餐，另一种提取物统治了这样的时刻，伴着丰盈的麝香，来自昨日世界的蛇蝎美人登上阳台，试图逃离世俗厅室内的灯光与阴谋，而那阳台上正满溢着一树茉莉花香——如此芬芳，今日尽浓缩于一滴"帝国夜曲"，现代女性必备之香水。之后几页是一系列皮草和盛装。玛贝尔的目光停留在一条黑色长裙上，宽大的裙摆以银狐皮饰边。她想起塞西尔未来想在自家牧场举办礼宾会的事情。这几页内容的最后是一篇关于如何为皮草搭配首饰的文章。文中建议，浅色貂皮可以搭配海蓝宝石或紫水晶；毛丝鼠皮只能搭配钻石；而深棕色貂皮宜搭配翡翠戒指和耳环，最好是大块的方形翡翠。玛贝尔读了两遍这篇文章，决定哪天在塞西尔面前提起关于首饰的话题。她想到塞西尔没有姐妹，不晓得哪天他母亲就在英国北坎伯兰的家里去世了。她看了一眼闹钟，已经23点52分了，她关掉灯，从床上起身，将窗户打开，望向无花果树的方向。院子几乎彻底沉入黑暗之中。

前文所述的1937年4月23日，星期四，尽管天才蒙蒙亮，弗朗西斯科·卡塔利诺·派斯（大家都叫他潘乔）一如既往在5点半就醒了。他家里并没有闹钟。一轮新月挂在漆黑的天空上。茅屋边有一架水泵，他用水打湿了自己的脸和头发，接着漱了口。他睡觉时不穿背心，因为觉得不舒服。室外的空气有点冷，他走进房间，穿上连体工作服。他的两个姊妹躺在一张大床上，他的一个弟弟睡在角落里的帆布行军床上。他自己睡的是一张铺有粗麻布被褥的弹簧床。茅屋是泥土地面，土坯墙，屋顶由铁皮搭成。另一个房间里，睡着他父母和七岁的弟弟。潘乔是男孩中年纪最大的一个。厨房还没修好，潘乔已开始用二手的现代建筑材料搭建。他点燃煤炉，准备煮马黛茶加奶，寻找面包，未果。他将母亲叫醒；装南瓜的袋子里，藏着母亲特意留给他的两块白色饼干，是用面粉和油脂做的。潘乔的牙齿又方又大，污渍斑斑，这得怪水泵抽出来的水含有碱盐。他想起胡安·卡洛斯可能刚刚躺下睡觉，而且能一直睡到中午，不过胡安体弱多病，自己却健康强壮。他想到那个女教师，她7点就得起床，没法睡个好觉。胡安·卡洛斯说过，她是镇上最美的女孩，穿上泳衣后尤其迷人。但她是褐发，肤色偏深；另一个女孩则是金发，肤色白皙。他母亲问他，饼干有没有霉味。潘乔说还没有，同时凝视着他的印第安母亲的深色皮肤，一头不服帖的大地色直发早已斑白。潘乔曾透过俱乐部的铁丝网瞥见过玛贝尔穿泳衣，不过她的肤色偏深。另一个女孩的腿很白，她有时不穿丝袜就去商店上班了。潘乔拿了一把大梳子插进他乱成一团的黑色鬈发里，卡住了。他母亲告诉他，他的头发跟她的一样浓密，这一点像克里奥尔人，但又是卷曲的，这一点像他父亲，像巴伦西亚人。他那双乌溜溜的黑眼睛却不是印第安人的，而是几世纪前占领巴伦西亚的摩尔人遗传下来的。母亲让他收紧手臂的肌肉，伸手摸了摸。她儿子不算高，倒是蛮结实的。不知为何，她又想起了行经巴列霍斯的一个马戏团里的一只熊崽。她又给他端来一杯加奶的马黛茶。潘乔心想，内妮已休息了一整晚，她的房间就在她父母的房间旁边，谁都没法神不知鬼不觉地进入她的卧室。他想到"克里奥尔姑娘"酒吧里的姑娘们；水泵后面，用来隔开他家和邻居家的篱笆桩已经散开了，桩上遍布青苔。不知为何，潘乔的目光又在搜寻新的目标。东方旭日初升，高处是红色的朝霞，太阳周围则是粉红和金黄的云彩。太阳背后，天空呈现金黄色，更高一些的地方为粉红色，再高就变成红色了。茅屋遮住了对面的地平线，这会儿它还是乌蒙蒙的，后面又转为深蓝，而当潘乔开始走向新警察局的工地时，这条地平线和另一条地平线都变为蔚蓝了。各村落里的妇人已经起身，或打扫院子，或喝着马黛茶。另一个女孩的头发从额头上垂下来，完全不粗硬：她有着柔软的金发，形成了一个个出奇自然的圈；她的脸上、嘴唇上方和下巴上都看不到寒毛：她的皮肤洁白光亮；眉毛不像猫头鹰的那般紧紧相连，眼白也不像猫头鹰的那样呈黄色：她的眉毛几乎是两根弧线，而她的双眸——是蓝色的？——她有点鹰钩鼻，嘴唇却是粉红色的；她并不矮小、敦实：她跟他差不多高，身材健壮，细腰盈盈一握，几乎可以被他那砌墙的大手一掌包住。她腰部以上逐渐变宽，胸脯白皙丰满，腰部以下则延展到臀部；难道金发女郎的阴部不长毛？在"克里奥尔姑娘"，有个染了金发的女人，阴部却是黑的。不知为何，潘乔开始意淫起内妮了。她平躺着，大腿略微张开，阴部没有长毛，像个小女孩似的。她夏天去商店上班时常常不穿丝袜。内妮从来不穿麻鞋：她一直穿高跟鞋；她的脚也不出汗：毕竟她不像女佣那样要擦擦洗洗。内妮不是个粗野的印第安女人：她说话像电台播音员，说每个以"s"结尾的单词时，绝对不会把这个音省略掉[1]。
6点45分，潘乔走进建筑工地。工头让他和另外两个泥瓦匠从卡车上卸下满满的砖块，并将它们搬到院子里，用来建造基层人员的房间。8点7分，工头叫他在土墙附近挖个L形的坑。潘乔必须使劲用铁锹铲，工友们都在幸灾乐祸，因为这块地碰巧是托斯卡[2]，整个潘帕斯草原上最硬的土。内妮白皙的小腿，"克里奥尔姑娘"的女孩们深色的大腿，玛贝尔黑黑的阴部，拉瓦迪娅深色的臀部，内妮，拉瓦迪娅，内妮无毛的白净阴部；托斯卡的灰尘钻进他的鼻孔，最终落进咽喉里。11点45分，工头拿木棍敲一个旧平底锅，告诉他们可以休息了。潘乔在水龙头前洗了把脸，拿梳子费力地梳了一下他浓密的鬈发。回家前，为了经过阿斯切罗医生门口的人行道，他特意绕道多走了两个街区。没看到拉瓦迪娅。潘乔走了十一个街区才到家。他姐姐为他做

---

1 在阿根廷口音的西班牙语中，词末的"s"音存在吞音现象，此处意指她吐字标准。

2 托斯卡（tosca），阿根廷潘帕斯草原上的一种硬化碳酸盐土层，属当地人的叫法。——编者注

了土豆和南瓜，杂烩汤里漂着几块肉片，他午餐就吃这些。潘乔问姐姐，风湿病怎么样了。一旦能重新工作，就要及时告诉他，他可以去跟建筑商、砖窑主和胡安·卡洛斯商量，把姐姐介绍给他们做女佣。13 点 25 分，潘乔回到工地。工头没有看表，没到上班时间就要他继续挖坑。潘乔手上没有表，只得乖乖服从，他心里确信还没到开工的时间，但还是拿起铲子，朝着托斯卡往下挖。他想，工头可能已在建筑商和警察局长面前替他美言了几句。14点 35 分，工头派人接了他的班，让他去旧警察局找一面监狱栅栏，那是从布宜诺斯艾利斯运来的，目前存放在副局长办公室里。潘乔鼓起勇气对副局长说，他想进警察局，官员的回复是，他们确实需要像他这样强壮的小伙子，可他应该存些钱，才能去首府参加为期六个月的课程。潘乔问是否要学费，官员说课程是免费的，六个月内包食宿，没有工资，但巴列霍斯警方只能在首府的批准下派出候选学员，是否入选则取决于首府。潘乔假装极为轻松地扛走了栅栏，由于担心副局长会走到人行道上观察他，他不带休息地走了两个街区。16 点 32 分，他愉快地接待了来访的朋友胡安·卡洛斯。16 点 45 分，工头再次敲响平底锅。潘乔看向胡安·卡洛斯的脸，想找出些许他犯病或痊愈的蛛丝马迹。他们坐在小酒馆里，潘乔对他说，在别人家里过夜还是留点心吧，不要被发现了，有了内妮，他为什么还不满足呢？胡安·卡洛斯说，一旦他在办的事情成了，就没内妮什么事了，他要潘乔发誓别告诉任何人：玛贝尔已同意去说服那个英国人，让胡安·卡洛斯来做两个牧场的管家。他补充道，一个主人没法同时待在两个牧场里，如此一来，管家就宛如其中一个牧场的主人了。潘乔又问他，倘若得到了这份差事，他还会不会跟内妮来往。胡安·卡洛斯说，他会这么问，说明他根本不懂女人。潘乔很想跟着学，却装出一副嗤之以鼻的样子。胡安·卡洛斯说，内妮和其他女人是一样的，要是对她好一点，她就开始装模作样；要是冷落她，她就老实了。重中之重是要让玛贝尔心生嫉妒，让她记着为他说成这件事。18 点 23 分，潘乔用水泵抽出的冷水在茅屋里冲洗了一下。19 点 5 分，他母亲和姐姐迈着沉重而缓慢的脚步走了进来。今天下午，姐姐觉得腰非常痛，于是和母亲一起去了趟医院，询问要怎么治疗。医生反复告诉她们，这是她干了五年的洗衣工，一直把胳膊泡在冷水里导致的风湿病；她可以继续工作，但不能再做洗衣工了，而且尽量不要沾水。20 点 5 分，午餐剩下的杂烩汤热好了，他们一起吃饭。潘乔几乎一言不发。20 点半，他走出家门，慢慢向镇子中心走去。建筑工地上的工友们或许在小酒馆里。他想，最好别让警察局的官员看到他在小酒馆里，而是得找个机会，让官员看到他和镇政府的公务员胡安·卡洛斯在一起散步。一个姑娘从意大利人经营的养鸡场里走出来，她提着两只拔了毛的鸡，原来是拉瓦迪娅。他加快步伐，好似不经意地追上了她。两人差不多并排走着。潘乔彬彬有礼地道了晚安。拉瓦迪娅也回一声晚安。潘乔问她，这两只鸡意大利人要价多少？拉瓦迪娅小声回了他，还说女主人正等着她，她要尽快回家去。潘乔问，自己是否可以陪她走到修女学校转角的地方，拉瓦迪娅勉强同意，随后又拒绝了。潘乔陪在她身旁，听说周日下午拉瓦迪娅会去参加在普拉多加列戈举办的露天朝圣巡礼[1]，以庆祝季末的到来。潘乔完成了他朋友托付的事，即建议她换一个主人，去萨恩斯家做工。拉瓦迪娅回答说，抛弃她现在的女主人，这样不好。在修女学校的转角处，潘乔心想，还要走三公里杂草丛生的路，才能到"克里奥尔姑娘"酒吧，他想见见那里的女孩们，他合上眼帘，另一个女人的身影却浮现出来。然而，那段路他一个人走委实太长，要是和胡安·卡洛斯一起，兴许他还愿意走。他不是因为缺钱才不去"克里奥尔姑娘"的，在这一点上他没对朋友说实话。他从地上捡起一根被修剪的桉树枝，那枝条富有弹性；他双手抓住它的两端，轻轻弯折，植物纤维开始断裂；继续用力，纤维裂得更多了，还嘎吱作响。树枝没有砖头那么硬，而是软的；也不像

---

1 朝圣巡礼（romería），天主教节庆之一，信徒乘坐装饰马车、骑马或步行前往圣所或修道院的仪式。有时不一定是一次完整的朝圣旅行，但聚会要持续整日或半日。——编者注

副局长办公室的栅栏那么重，而是轻的；棕色的树皮剥落了，露出浅绿色的光滑表面；潘乔的两只胳膊加大力气，纤维吱吱作响，他稍稍放松，再次发力，枝条发出一声脆响就断了。21 点 47 分，潘乔到家了。他们聚在母亲房里，听着广播里的探戈歌手表演。潘乔困了，不再和家人一起听广播。他上了床，想起了他姐姐，如果她的手没法伸进水里洗衣或洗盘子，就很难找到别的活计；而且，在首府待六个月，没有收入的日子是够难熬的。他瞥了一眼弟弟那没铺床垫的行军床，想到自己睡的是弹簧床，还有粗麻布褥子，但他为此花掉了一个多月的工资——他因为任性，不愿买张二手床。他为一下子花掉那么多钱后悔不已，不过现在他弟弟还得睡行军床，而他不用。没过多久，他便进入了梦乡。

　　前文所述的 1937 年 4 月 23 日，星期四，安东尼娅·何塞法·拉米雷斯，一些人叫她拉瓦迪娅，还有些人叫她拉瓦，被来自院子里角豆树上的鸟鸣声吵醒了。首先映入眼帘的是她房间里堆积如山的东西：漂白剂瓶子、葡萄酒瓶、罐装油、一只波特酒桶、一串挂在墙上的大蒜、几袋土豆和洋葱、罐装煤油和几块肥皂。她的卧室也充当了储藏室。院子后面有一间老式茅房和一个洗衣用的水池，这就算是她的卫生间了。6点35分，她在那儿洗了脸、脖子和腋下。接着，她喷了一点女主人为她买的红色止汗剂。为了尽快晾干双臂下的红色小液珠，在穿上灰色长袖围裙前，她像鸟挥动翅膀似的挥舞手臂：女主人对她说过，假如不这么做，液体会把衣服蚀坏。她生起柴灶来，喝了一杯咖啡加牛奶，配上面包和黄油。她洗男主人的内衣、内裤和衬衫，直到7点45分。她叫醒女主人，还为阿斯切罗夫妇和孩子们做了早餐。她把与厨房相连的餐厅里的桌子摆好，烤面包，刷早餐用过的餐具，清扫诊所、候诊室、孩子们的卧室、主卧、客厅和餐厅，最后打扫大门前的人行道。她两次被女主人打断：一次要她去肉店取电话预订的肉，另一次要她到杂货店采购奶酪碎。一个孩子把牛奶打翻在了会客室的地上，女主人提议趁此机会洗刷一下马赛克地板，并迅速打一层蜡。11点半，女主人再次打断了她手头的事，让她在自己洗澡的空当为午饭摆好桌子。12点，女主人和一男一女两个孩子在餐桌旁坐下。12点半，三人一起朝学校走去。女主人正是该学校的老师，孩子们则要去上学。与此同时，拉瓦在打扫浴室，浴室里的现代化设施一应俱全。13点10分，男主人从医院回到家里。拉瓦把女主人准备好的午饭端给他。男主人盯着她的腿看。一如既往，拉瓦注意和男主人保持距离。13点45分，拉瓦坐到桌前，借着主人吃剩的好饭好菜饱餐一顿。15点6分，她洗完餐具，打扫过了厨房。男主人在家时，她没法边干活儿边唱歌，所以就更累了。上午的时候，她总是能哼上几首探戈、米隆加之类的曲子，是看电影时从她最喜欢的歌唱演员那儿学的。她用水池里的冷水冲了个凉，便躺下休息了。她想起女主人的叮嘱。她说，女佣不该跟社会阶层不同的男人一起上街，或是在民间朝圣巡礼上跳超过一首舞曲。女佣必须远离大学生、银行职员、旅行推销员、商店主和售货员。众所周知，这些人惯于和名门小姐约会——"他们的举止可是像天使一样啊，拉瓦"——实际上呢，却忙着诱骗女佣，毕竟女佣们懵懂无知，因而成了他们最易得手的猎物。阿斯切罗太太忘了，这份名单还应包括已婚男人。她转而建议女佣多接触干体力活儿的小伙子，意思是各类工人。拉瓦想起上周五看的一部由她喜欢的歌唱演员主演的阿根廷电影。电影里，一家寄宿公寓里的女佣爱上了一位住宿的法律系大学生。她怎么才能让这个大学生对她倾心呢？为了得偿所愿，姑娘可谓历经坎坷，拉瓦从中领会到一件重要的事：女佣从未设计筹划以让大学生爱上自己，他之所以爱上她，是因为看到了这个姑娘善良淳朴、无私奉献的一面，看到她甚至愿意像母亲一样，照料寄宿公寓女主人的未婚女儿生下的孩子。后来，大学生成了律师，为她在法庭上辩护，因为姑娘已对那个别人的孩子倾注了母爱，想要自己抚养。结局皆大欢喜。拉瓦决定，如果有一天，一个社会阶层比她高的男人向她求婚，她绝不会傻乎乎地拒之门外；当然，她也不会主动去招惹这种男人。再者说，还有不少勤劳的男孩子是她喜欢的，比如：送面包的明吉托、农民奥雷里奥、泥瓦匠潘乔、卖报的奇切。可第二天，她恐怕没法去电影院看她常看的星期五特价场了，因为晚上主人要请客吃饭。不知为何，拉瓦从地上捡起一只麻鞋，使劲扔向家具架子，一瓶漂白剂倒下摔碎了。拉瓦收拾好碎片，擦干地板，又躺回床上。16点，她起床摆好桌子，为女主人和孩子们准备下午茶。她叫醒了一位较为年长的太太，她是给男主人帮忙的护士。拉瓦依照惯例为她递上一杯茶。17点28分，她洗完下午茶的碗碟，过马路来到阿根廷平价商店，取走女主人要她买的抹布。内妮问她，新来的女护士对她怎么样？自打内妮离开后，前后已经换了三个护士了。拉瓦想起她上学时的座位，当时她和现在镇长家的女佣坐在第四排，第二排坐的是内妮和凯拉·罗德里格斯，玛贝尔·萨恩斯和塞莉纳·埃切帕雷坐在第一排。玛贝尔和凯拉不久就要结婚了。塞莉纳的哥哥会不会不顾内妮曾和阿斯切罗医生有染，执意和她结婚呢？从前，内妮常常送给她一些旧衣物。有多少巴列霍斯人了解事情的来龙去脉呢？拉瓦想再跟内妮要几件旧衣服。内妮已经把那么多闲置的好东西送给了她，可她对得起内妮吗？不过，塞莉纳已经答应会把她介绍给玛贝尔的母亲当女佣了。他们家已经有了厨子，这样她的活儿会轻松一些，也不会有阿斯切罗医生老是瞟她的大腿了。休息的铃声响起，玛贝尔、塞莉纳和内妮跑出教室去玩跳绳，一、二、三、四，等到下一次响铃时，她们已经跳了一百下了：内妮替她把抹布打包好，看着她，然而两人相对无言。没错，是内妮把她介绍给阿斯切罗的，多亏了护士，多亏了内妮，多亏了她的这位老同学，他才雇她当女佣的。内妮送过她几件旧衣服？一件上衣、一条裙子、一件外套，以及一双鞋——在她还为阿斯切罗医生工作的时候。拉瓦走出商店，没再向打包工索要旧衣服。17点50分，她把早晨洗的衬衫熨好了。19点53分，她将女主人做好的晚餐摆上桌。20点21分，她去养鸡场的农舍取鸡，作为送给主人的礼物。20点

41 分，泥瓦匠潘乔靠近她，和她搭讪。拉瓦竭力掩饰心中的窃喜。潘乔穿了一件短袖衬衫，袖子下绷着两条肌肉结实、布满毛发的胳膊，衬衫的衣领没扣上，长满胸毛的胸膛若隐若现。不知为何，拉瓦觉得他像一只可怖的黑猩猩，有着浓密而轮廓分明的眉毛、如弓的睫毛，小胡子遮住了半张大嘴。女主人看到拉瓦和他在朝圣巡礼上跳舞时，并未因此生气；拉瓦走在泥瓦匠身旁，时不时摸摸头发，她平直又细密的大地色头发从额头垂下。20 点 52 分，她独自走过"安达卢西亚"影剧院，预告上说，第二天的星期五特价场将放映一部阿根廷喜剧电影。虽然放映的电影不是她喜欢的歌唱演员主演的，但星期五的特映电影是她和镇长家的女佣都不愿错过的——票价方面，女顾客五个生太伏，男顾客十个生太伏。可如果客人吃晚饭要很长时间，她不就去不了电影院了？她已经绝望了。那么周日的户外活动呢？潘乔会到场参加朝圣巡礼，还邀请她跳一支舞。不知为何，拉瓦想起了栖息在院子里那棵角豆树上的鸟。它们大概已经归巢了，依偎着、守护着彼此。此时此刻，她真希望自己已经躺在了暖烘烘的被窝里：之前有个寒冷的晚上，女主人走进她房间，想找一点木桶里的波特酒来招待她丈夫的朋友，见拉瓦已经睡下，女主人便问她需不需要加一条毯子。拉瓦想躺在暖乎乎的床上，如果女主人进入房间，就把碰到潘乔的事告诉她。21 点 20 分，她坐下吃晚上的剩饭剩菜。22 点 15 分，她洗完了餐具，打扫过厨房。拉瓦意识到没有要洗的窗帘，也不用刷木地板，认为这一天的活儿还是相对轻松的。22 点 25 分，男主人让她去酒吧买包烟。23 点 2 分，她上床休息了，心想，要是嫁给潘乔，也许可以凑合住在铁皮屋顶的一室户里，但她拒绝在卧房里放置杂物：她一定要让潘乔至少搭一个阁楼，用来存放漂白剂瓶子、葡萄酒瓶、木桶、一袋袋土豆、一串串大蒜和罐装煤油。她突然想到，潘乔是塞莉纳哥哥的朋友，而塞莉纳的哥哥在和内妮约会。她想到从前对不起内妮，没有信守承诺。拉瓦双手合十，求上帝宽恕。内妮说过的话浮现在她脑海里："如果你敢对我使坏，上帝会来惩罚你的。"

第六章

SEXTA ENTREGA

> ……泪如泉涌
>
> 我按捺不住。
>
> ——阿尔弗雷多·勒佩拉

1937年4月25日，星期六，巴列霍斯上校镇，吉卜赛马戏团的临时帐篷内

我不知道你是谁。到这儿来，只要给我一个比索，我这可怜的吉卜赛女人便会告诉你一切。可你得邀请所有的朋友到我这儿来，我的预言百发百中。我能给你讲你的过去、现在和未来

只讲未来？行，我跟你说说未来的事。但凡有年轻人到帐篷里来，通常会问的是现

在，至少会问问有没有姑娘看上自己。可是你生得这样俊俏，已经不再关心这个了，对吧？你不缺姑娘喜欢　　　　　　　不过，只付一个比索，我可不会把一切对你全数吐出。你虽是个美男子，却未免太心急了，纸牌将会揭示一切。你不太在意她是否爱你，你心里清楚，她找不到你这样的人了；你和那些天生的美男子是一样的，对死亡漠不关心，因为你还年轻，看着也还算健康。你肯定想知道能不能赚钱，能赚多少钱。还没让你抽牌，我就猜中了你的心思，对不对？但在我卜算你的未来之前，你必须先告诉我，我是知无不言呢，还是只讲吉利话　　　　　　你长得这么俊俏，这件皮夹克看起来也很上档次。你能不能再给我这个可怜的吉卜赛女人五十个生太伏？如此一来，我就把好运和厄运全都告诉你

　　　你先用左手把这叠牌切成两堆

　　现在用左手再切一次，分成三堆。这就是你的过去、现在和未来。好的，现在我们翻开来看

看……是倒着的圣杯国王[1]。你看，他的王冠戴得都快遮住眼睛了，好让它不掉下来。天鹅绒的披风很沉，但是可以防寒保暖——一个深色头发的男人，算是已经老了，他不爱你，一直伤害你。如果我没弄错的话，你毕生最爱的就是……钱，而他恰好不会给你钱。——旁边那张牌也是倒着的，是宝剑侍女。你看，她的手掌摊开，仿佛要给你点什么似的，不过要小心，因为牌是倒着的；她全身被绣金的红布包裹着，但是你看，从袖管里隐约透出守灵时用的紫色衬里；头发呢？——不是金色的，不是褐色的，也不是红色的。你认识什么秃头女人吗？我看不见她的头发。——还好，右边的牌是宝剑二，你看，小小的蓝色宝剑多么锋利、多么美啊！纯银的剑柄正对着你——这意味着一次陆上旅行——你是否认识一位刚从旅行中归来，漂染了头发或戴假发的女人？快帮我想想，

1　塔罗牌一副78张，其中大阿尔卡纳牌22张，小阿尔卡纳牌56张。小阿尔卡纳牌的四种花色为金币、权杖、圣杯、宝剑，点数从二到十，还有A，以及侍从（此处为侍女）、骑士、国王、王后。

我不清楚为什么她是秃头……　　　　　　　啊，对了，是这样，纸牌上是黑色头发，可刚才你切开这一叠牌的时候，我把她看成是秃头了　　　　　　如果你完全不认识秃头女人的话，那去旅行的人就是你自己。你此次旅行的目的是摆脱老人和秃头女人所设的陷阱。倘若你见到一个没有眼睛的女人，那想必就是厄运女神，她在后面穷追不舍，马上就要赶上你了。无论你是年轻还是年老，是貌美还是丑陋，她都无所谓。厄运是个瞎子，但圣杯侍女[1]是秃头有点诡异。让我洗一下牌，过程中请你别看牌，否则亡灵会哭泣。你知道那个深色头发的老人是谁吗？　　　　　　那是和你在一起的姑娘的父亲，他不让你留在他家里，是秃头女人帮了你。那位姑娘是金发还是棕发？　　　　　　　　你确定她的头发不是染成棕色的，或者戴了一顶黑色的假发？　　　　　　现在，你再用左手把牌分成三堆　　　　　　权杖二，两根小权杖，看看这黑色的荆

1　原文如此。塔罗师在这里把宝剑侍女记成了圣杯侍女，因此后文中她翻出圣杯侍女时，以为早已经翻出过这张牌了。——编者注

棘，这张牌不太妙——有人将背叛你，但不是老人，也不是秃头女人——不过，这张牌正好在宝剑 A 旁边，你很幸运，纯银的剑柄在你这边。看看这些条纹！吉卜赛王会喜欢这些条纹的。你知道的，小伙子，除了这顶肮脏的帐篷之外，吉卜赛王一无所有。如果可以的话，我会当真送他这把纸牌上画的剑。没错，你绝对猜不到那个给你使绊子的人是谁，不过，等你上当的时候，你就会意识到塞翁失马，焉知非福。——一个金发女郎将会倾心于你：金币侍女露出大腿，正用右手朝你招手呢——瞧瞧，你的运气来了。不过你要小心，我不喜欢金发女郎，当然了，这只是题外话，跟纸牌无关。可金发女郎有一身白皙的皮肤，好让你相信她的心也是纯洁无瑕的，她会掏出心，捧在手里给你看。等等，我见到的是她撕碎了心给你，你千万别让金发女郎被撕碎的心从你手中溜走，得抓紧了！一个幽灵告诉我，一个金发女郎的心碎了，像蛋壳一样四分五裂，从壳中飞出一只小鸟。——然而，即使这张金币侍女代表金发女郎，还是会对你有好处，因为纸牌就是这么显示的，虽然她还是不讨我喜欢　　　　不，生命线在后面，你要等到最后一次切牌才知道。现在，你照着刚才那样，把这最后一叠牌，十三张，一分为三　　　圣杯七，婚礼！小伙子，你该请我吃喜糖了。不过，我不知道是不是指你结婚，但愿不是，因为圣杯是倒着的，酒都淌到地上了，多可惜啊！我喜欢酒，小伙子，喝酒有益健康。不过，酒流到地上之后，会弥漫一股令人反胃的气味。你要结婚了吗？不，因为旁边又出现了一位老太太，权杖侍女。她右手持杖，不过是为了保护你；另一张牌是金币六　　　　不是的，小伙子，金币六单独出现的意思才是钞票，可如果有这张侍女牌在旁边的话，说明死人把钞票拿走了，只留下一片诚心

　　你喜欢这六个黄色圆点，你觉得它们代表金币，不过，当它们位于侍女或骑士牌旁边时，说明侍女或骑士对你有益，他们不会给你带来金钱，因为他们自己并不富有，他们能给予你的是诚心，这是一笔精神上的财富　　　　不，那不是你妈妈。

这位年长的女人并不怀着母爱对待你，但她有一副好心肠。而你，小伙子，或许是由于你穿了皮夹克，或许是因为你的长相，你在哪里都能找到女人。看看，你有点恼火了。你不愿意加入马戏团吧？这我清楚。不然的话，吉卜赛王一定会让我们马上结婚的；我不过一时兴起，跟你开个玩笑罢了，现在你再切一次牌

　　现在，生命线出现了。你必须从这些分散的牌中挑出十三张，但切记别把牌翻过来，不然就会被亡灵厌恨。过去，有个吉卜赛女人把牌翻了过来，亡灵便在她的食物里下了毒。这是因为只要有一个活人提前翻了一张牌……就会有一个亡灵从天堂坠落　　　　　　　　　　　　是的，一直掉入地狱，因为倘若你提前翻了牌，天上的亡灵就会受到蛊惑，从天上望下来，只见人世间有个人正一丝不挂地沐浴，头脑中顿时罪念萌生。于是，圣徒们将他送入地狱经受烈火灼烧，而这全得赖你　　　　　现在开始翻牌，并且把牌摆成一行。宝剑五象征着谣言，恶语如利刃，刺

入人心——但对你来说有什么所谓呢？在女人身上，宝剑五无疑是致命的，可对你而言，绯闻越多越好，我说得不对吗？——金币二，求偶——我第一眼看到你，就知道你要恋爱了，因为方才你一张关于爱情的牌也没切出来，臭小子，那么多女人，你一个也不动心——不过，你的意中人我还没看到，似乎并不是已出现的女人中的任何一个；如果是的话，小伙子，她的模样已经被生活改变得太多，我已认不出她来了　　不，金币二并不代表金钱，而是代表求偶，两枚大金币是两颗心，两颗一模一样的心，而不是你喜欢的大金币。——不！小伙子，你为什么挑中了这张大凶的牌？权杖四代表重病。不过，如果旁边翻出一张侍女、骑士或国王，你便还有救。等等，让我再摸一点吉卜赛尘土，你也来摸摸这小口袋里的尘土吧，现在翻开另一张牌……金币四代表眼泪，或许你还有一线转机，也许这眼泪是为其他人而流的。别犹豫，赶快翻另一张牌……　　我告诉过你不是了。唯一代表钱财的金币牌是 A 和六，现在都没出现，如果其他吉卜赛女人不是这么解读的，那她一定是在哄你开心；但是，你要我把好运与厄运都和盘托出。所以现在不要说话，先翻下一张牌 权杖骑士！你有救了。我的心头拔掉了一把匕首。小伙子，只要能救你，就算抓住厄运和眼泪我也在所不辞。快撒一点这吉卜赛尘土在我肩上和脖子上，等我解开衣服，赶紧……你为什么会觉得恶心？……你难道是死海螺向我预言过的魔鬼吗？快把那尘土递给我

你管这些尘土是什么？你管它们是不是人或者母狗的骨灰呢？……谢谢……谢谢你，小伙子，因为死海螺曾经告诉过我，要提防魔鬼，它们会悄无声息地附在你身上，走进我的帐篷，你压根不会发觉，这种事在谁身上都有可能发生

疾病？哪种？好吧，让我看看，权杖四，但我不清楚，可能是一个深色头发的人，也就是权杖骑士，生了病——他是一个强壮的、人品不坏的人。——翻开下一张牌……权杖六，你看，这些杖上冒出了新长出的嫩枝，还有荆棘。牌是倒

着的！这张牌代表了接吻、缱绻与如痴似狂的爱情。然而倒着放，意味着那个女人会背叛你，不过我不太明白。翻开另一张牌……喜鹊！不要让我看见喜鹊！噢，不要让我看见你的死期，那不是你……有人暴毙，你也要多留心。权杖后面跟着宝剑六，说明死前曾经大喊大叫。是否有人要谋害你？你再翻一张牌……又是圣杯侍女！不过现在，这张牌是从右边出现的　　怎么没出现过？肯定出现过了！秃发女人，我告诉过你的，她对你紧追不舍　　你说得对，那是宝剑侍女。我岁数大了，犯糊涂了，小伙子，难怪你不爱我……那么圣杯侍女代表什么呢？我看见一个棕发女郎，她并不坏。不过，要是你运气好的话，暴毙的人就该是她了。快来看看下一张牌！一张倒着的宝剑A……看着我，亲爱的，直直地盯着我，我要一直看进你眼睛的深处，看看我能不能弄明白。有时，我会凝视一壶水、一壶酒或玻璃，凝视任何有镜面效果的物体，我不知道……不过，几张坏牌接二连三出现。假使宝剑A从右边出现，你就彻底得救了。可是，这连续的厄运还没完，让我看一看你的眼眸，我喜欢这浅栗色的眸子，但我从中一无所获，只能看到我自己。小伙子，你知道吗，我以前可是个美人！每当有你这样的小伙子进到我的帐篷里来，我总要让一个吉卜赛女人留在外面看着，只要我一喊，她就会冲进来。男人们都在打我的主意！……现在再翻一张牌，别忘了，有人暴毙。小心点，别卷入危险的旋涡里。我的眼前出现了鲜血，耳边听到有人经受致命一击后的喊叫。再翻一张牌吧……总算是张好牌了。圣杯三代表欢乐，在历经坎坷之后，你终于获得了极大的欢乐。再翻开一张牌！宝剑二，又是代表旅行的　　不，傻小子，不是去另一个世界，而是陆上的旅行，旅程不会很长，对你有好处。再看一张牌吧，现在只剩下两张牌了！……金币五，靠右，是张不错的牌，意思是说，你经过漫长的沟通，终于取得了别人的同意。这是倒数第二张牌了，是张漂亮的金色牌，意味着你人到老年有良侣相伴，日子过得很幸福。现在，你这个金发的美男子，来摸一摸尘土，把右手的五指都伸进小袋子里⋯⋯因为最后一张牌是艰难的⋯⋯抉择⋯⋯翻过来吧⋯⋯　　权杖侍女，老太太！她再次从右边出现了。小伙子，你长得可真俊俏啊。这张牌的意思是，你和你妻子都将长命百岁，你去世的时候，妻子将陪伴着你。你看，权杖侍女是个老妇人，就跟我一样⋯⋯

你觉得满意吗？给你算完了一辈子，只收了你一比索五十生太伏，这样你还嫌贵？不，是我应该谢谢你。多多招呼你的朋友过来吧，希望他们都跟你一样。附在我身上的幽灵，请离我而去吧⋯⋯⋯⋯⋯⋯⋯⋯⋯⋯⋯⋯⋯⋯

秃头的宝剑侍女，有哪个女人死的时候是秃头？那个被烧死的女人有头发，小煤块，小灰尘，秃头女人，还是那个谎称自己怀孕的妞儿，报复，哪个坏妞儿要来找我报仇⋯⋯不，秃头女人是冷的，没有头发保暖，冷酷的秃头女人谁都不爱，她不想和我待在一起，因为她谁都不爱，不爱我，也不爱别人，那妞儿看着挺健康，其实里面全烂了⋯⋯就是这样，那妞儿本来很健康，但魔鬼让她张开嘴，往里吐了一口痰，愚蠢的宝剑侍女不知道魔鬼的痰是脓……她的头发全掉光了。

1937 年 4 月 26 日，星期天，普拉多加列戈的朝圣巡礼过程及后续

开场时间：18 点半。

票价：男宾每张一比索，女宾每张二十生太伏。

和声乐队首先演奏的舞曲：探戈曲《唐璜》（"Don Juan"）。

当晚最受瞩目的女宾：拉克尔·罗德里格斯。

最占优势的香味：普拉多加列戈附近的桉树叶散发的香味。

女宾中最常见的打扮：用丝绸缎带扎起发髻，让发卷向上蓬起。

大部分男宾选择插在西装上衣扣眼的花：康乃馨。

最流行的舞曲：华尔兹《灵魂深处》（"Desde

el alma"）。

最快速的舞曲：斗牛舞曲《圣物匣》（"El relicario"）。

最缓慢的舞曲：哈巴涅拉舞曲《你》（"Tú"）。

当晚最精彩的一幕：演奏华尔兹《灵魂深处》时，露天舞池里有八十二对舞伴。

宾客经受的最严重的惊吓：21点4分忽然狂风大作，像是要下大雨（但没下）。

当晚接近尾声的信号：23点半出现两次短暂熄灯。

结束时间：23点45分。

最兴奋的女宾：安东尼娅·何塞法·拉米雷斯，又称拉瓦迪娅或拉瓦。

拉瓦的同伴：她的密友，即镇长家的女佣。

拉瓦跳的第一首舞曲：兰切拉[1]小调《我的小牧场工》（"Mi rancherita"）。伴舞为多明戈·希拉诺先生，也叫明吉托。

---

[1] 墨西哥的一种乡村歌曲，由抒情浪漫歌曲演变而来，曲调朴素自然，结构简单灵活。

专为结交拉瓦而参加朝圣巡礼的先生：弗朗西斯科·卡塔利诺·派斯，又叫潘乔。

拉瓦和潘乔跳的第一首舞曲：探戈曲《那个恩特雷里奥斯[1]人》（"El entrerriano"）。

拉瓦和潘乔贴着脸跳的第一首舞曲：哈巴涅拉舞曲《你》。

潘乔请拉瓦喝的饮料：两瓶橘子汽水。

为了和拉瓦谈对两人都很紧要的事，潘乔提出的条件：在拉瓦的女伴不在的情况下护送她回家。

拉瓦提出的条件：先护送她的女伴到镇长家，她和潘乔再从那儿去阿斯切罗医生家。

拉瓦指定的谈话地点：阿斯切罗医生家临街的门口。

影响潘乔心情的情况：镇长家位于柏油马路覆盖的地段，算是全镇照明最好的地方，且跟阿斯切罗医生家只隔了两个街区，离昏暗、有树荫的土

1　恩特雷里奥斯为阿根廷东部一省名。

路（包括普拉多加列戈）很远。

看到拉瓦和潘乔一起走向阿斯切罗医生家时，为拉瓦捏了一把汗的女宾：镇长家的女佣。

有利于潘乔达成计划的天气条件：凉爽宜人，气温18摄氏度，没有月光。

有利于达成上述计划的偶然因素：一条面目凶恶的野狗逼近，让拉瓦吓得不轻，恰好为潘乔提供了一个英雄救美的机会，使得拉瓦的心头涌起被保护的暖意。

另一偶然因素：附近有一个建筑工地，要绕路多走一个街区才能到达。

如前所述，潘乔对拉瓦说的重要事情：希望能陪伴在拉瓦左右，这个心愿使他日夜忐忑不安。

潘乔劝拉瓦从新警察局工地穿行的理由：他想和拉瓦多聊会儿，但不想在阿斯切罗医生家临街的门口谈，免得惹来流言蜚语。

潘乔在黑暗中面对拉瓦，心中忖度的主要内容：草长得真茂盛，该割掉杂草了。工头会过来，拿把铲子，潘乔，把草割掉，这地方可真暗啊，连猫都看不见我们；胡安·卡洛斯跳下远处的土墙，却没有钻进野草里："和女孩在没人看见的地方待着时，就别浪费时间说话了。光说话有什么用？只会把事情搞砸。"野草的根扎在土地干裂的缝隙里，地上都是尘土，粗硬的、大地色的头发从你额头中间垂下，我连根拔起一把野草，毛茸茸的根须上还沾着土块，托斯卡上是长不出野草来的。拉瓦的头发比野草的根好看，摸上去不会有土块。拉瓦多么干净啊！手臂是棕色的，腿的颜色更深。腿上长毛吗？没有，只长了一点绒毛。内妮到商店上班的时候不穿丝袜，如果可以摸一摸，她的肉一定软软的。你不让亲吗？她连怎么接吻都不懂，嘴唇上方有一点寒毛，腿是黑黑的，脸也是黑黑的。我们可以亲热亲热吗？可怜的黑皮肤的小姑娘。我把砖递给另一个工人，我们把砖卸下卡车，一次传两三块，砖就像托斯卡一样又干又硬，磨着我的手掌。"必须按手印。"沾了印泥的手指在招工名单上已按不出指纹了。"您的手指已经没有指纹了，都被砖头磨掉了。"但小指头上还有点指纹，小指头最偷懒了。我抚摸着你，你光洁的皮肤。"如果你不主动碰她，她会认为你是块木头。"我要告诉她，我真心诚意地爱着她，她也许会相信我的。我会对她说，她很漂亮，别人告诉我她干活也勤快，把女主人家里打扫得一尘不染。对这样一个黑女人，我还有什么可说的？这么一个温顺的黑女人，她什么都不懂，占了她的便宜，我还真有点过意不去。"抓紧下手，不然……"她相信我是爱她的，她相信明天就能和我结婚，黑女人的小寒毛，软绵绵的。我肩上扛着栅栏能走几个街区，要是我愿意的话，可以紧紧地搂住你，把你揉碎。你瞧，我有一身的力气，但不是用来打你的，而是用来保护你的，让狗欺负不了你。我的黑女人多么温柔呀，可你如果闹脾气，也没有好果子吃，你瞧，我有一身的力气……

拉瓦在黑暗中面对潘乔，心中忖度的主要内容：女主人没看见我，我也不会告诉我的女伴。我不跟银行的人跳舞，不跟大学生跳舞，不跟你告诫过我的绝对不要在一起跳舞的人跳舞。有些人刚和别人约完会，就打起了女佣的主意，潘乔不是那样的人，他为人善良，踏实肯干。一旦女主人对我有什么吩咐，我从不拖拖拉拉，双手马上拿起扫帚开始打扫，用鸡毛掸子拂掉家具上的灰，用湿抹布和肥皂擦洗地板，肥皂和水盆都放在洗衣池里。他买了一张一比索的男宾票，橘子汽水可真清爽。我作为女宾入场，只付了二十个生太伏。有些去跳舞的姑娘，虽然只是女佣，也买的是女宾票，跟商店的女店员、服装设计师的女助手或当老师的小姐一样。他的手长满了老茧，坚硬的茧摸得我直发痒。你瞧，他是怎么恶狠狠地把野狗赶走的！万一哪天，男主人想对我下手，我就跑去把潘乔叫来。他衬衫领子上没安领撑，领角都翘起来了。下次见面时，我就把男主人的领撑给他。哎呀！他在我身上抓得好痒啊！吻我吻得多么动情啊！他真的爱我吗？他动情的吻和温柔的爱抚弄得我鸡皮疙瘩都起来了……

1937 年 4 月 26 日晚，拉瓦在阿斯切罗医生家临街的门口与潘乔道别时产生的新感受：期待次日晚上在某条漆黑的人行道上看到潘乔出现，希望他的衬衫衣领上还是没有领撑，这样一来，她便可以把偷来的阿斯切罗医生的领撑安上去了。

拉瓦的眼泪流经之处：她的脸颊、脖颈，潘乔的脸颊、手帕、衬衫衣领，野草，长满野草的干裂土壤，拉瓦上衣的袖子，拉瓦的枕头。

1937年4月26日，星期天，晚上，因气温骤降而提前枯萎的花：阿斯切罗医生的花园中的白百合与玫瑰，以及巴列霍斯上校镇郊外的道路两侧的野花。

安然无恙的夜间昆虫：建筑工地的蟑螂，在没有粉刷过的砖块之间织网的蜘蛛，在街道中央、市政照明路灯的灯泡周围飞舞的甲壳虫。

胡安·何塞·马尔夫兰医生

布宜诺斯艾利斯省巴列霍斯上校镇

1937年8月23日

马里奥·欧亨尼奥·博尼法西医生

圣罗克医学疗养院

科尔多瓦省科斯金

尊敬的同行：

　　首先，请原谅我这么晚才回信，不过请您相信，我之所以这样做，是为了更详细地了解埃切帕雷的情况。必须向您承认，这个年轻人的反应让我感到困惑。他是我看着长大的，我觉得他有自己的想法，性格是有些固执，这倒也没什么不好的。我不明白的是，他为何不配合治疗，也不明白他为何吵着要回家，很可能是因为与某个女人纠缠不清。我只记得与此相关的一个诡异的小细节：我是通过一封匿名信得知，埃切帕雷已病入膏肓，信明显出自一个女人之手，写成印刷体的字母也掩盖不了女性的笔迹。信上说，由于胡安·卡洛斯不愿声张自己的病情，所以不想来我的诊所；她曾亲眼看见病人吐血，请求我不要让胡安·卡洛斯联系他的亲属，他们都不愿意提起此事。这封匿名信还指出了一条引人侧目的信息：在凌晨1点至3点之间，埃切帕雷身体尤为不适。

无论如何，我想您能做的已经十分有限了。昨天，我与他母亲谈过之后得知，到九月中旬后，他们就承受不起疗养院的开销了。我请您做出决定，是迟些还是立刻通知埃切帕雷本人这个消息。顺带一提，他母亲是个寡妇，没什么钱，只够省吃俭用度日。他本人也没有积蓄，请病假期间又领不了工资。此外，他母亲跟我说，这个年轻人从来不会往家里拿一个生太伏。因此，我认为他急着离开科斯金并不是为了替家里省钱。在他看来，这是无关痛痒的事情。我真搞不懂，他为什么就不能好好抓住这次治疗机会呢？

随时谨遵您的吩咐，诚恳致意

胡安·何塞·马尔夫兰
诊所医生

第七章

SÉPTIMA ENTREGA

……一切，一切都熠熠生辉。

——阿尔弗雷多·勒佩拉

科斯金

1937 年 7 月 3 日，星期六

我亲爱的：

你瞧，我兑现了给你写信的承诺，尽管有些晚了，到了截止时间，明天就是本周的最后一天。你最近还好吗？肯定已经忘了要给你写信的我了，虽然在我们分别那天，你哭得仿佛需要一整张床单来擦干你的眼泪和鼻涕似的，然而今天晚上，倘若我一不留神，你或许就去参加米隆加舞会了。说到底，你哭得也没那么厉害，只不过掉了几滴假惺惺的眼泪而已。对一个女人而言，掉几滴眼泪算不上什么难事。

甜心，今天是周六，此时此刻，你在做什么呢？我真想知道。你在睡午觉？盖好被子了吗？如果我是个枕头就好了，这样能离你特别近。我不想成为热水袋，因为紧挨着臭脚丫，还会发出声响。是的，还是别找什么稀罕物件了，就做个枕头最好，如此一来，你便能跟我说说体己话，谁知道你会告诉我什么呢？一个吉卜赛老太婆告诉我，别信任金发姑娘。你会对枕头说什么悄悄话？倘若你问它谁爱你，它会告诉你是我，枕头都是巧言令色的……好吧，小妞儿，我先离开一会儿，通知喝茶的铃声在响，我可以顺便去小憩一会儿，因为午饭过后，我一直在写信。

好了，现在我回来了。要知道，我被照顾得很不错。我喝了两杯茶，配了三种不同的糕点。像你这种小馋鬼，这儿正适合你。明天就是周日了，你要去看电影吗？谁会给你买巧克力呢？

金发姑娘，现在我信守承诺，跟你讲讲这儿的情况。你看，倘若你喜欢，换你待在这里享受也无妨。一切都漂亮极了，可我已经厌倦透了。除了红瓦的屋顶，整座疗养院都是白色的，这屋顶跟科斯金其他房子的屋顶倒是一样的。镇子很小，如果一个瘦弱的人在夜里咳嗽，方圆两公里内都能听到，就是这么寂静。还有一条从山上流下来的河，你该看看：有一天我租了一驾马车，一直驶到了拉法尔达，那儿的河水清凉，绿树成荫，可是水流到科斯金就变热了，因为这儿干旱得厉害，寸草不生，没有遮阳的植物。我在每封信里都写了这一小段话，不然的话，我的脑子会因转得太多而抽筋的。

还要写点什么呢？他们说，下周就是七月假[1]的第一天，听说有很多游客要来。不过，似乎没人会在镇子里过夜，因为他们害怕被感染，请原谅我这么说：其实那些家伙才是真的腐烂发臭呢！你

1　7月9日为阿根廷独立日，是法定节假日。

看，这一切不久就会结束，毕竟为了防疫花了那么多钱，那么多的防疫措施啊，如果所有人都去拍 X 光片，巴列霍斯一夜之间就没人了，所有巴列霍斯人都会涌到这儿来。罢了，一切都是因为我母亲希望她的宝贝儿子康复，而金发姑娘你呢，最好小心一点，因为我在家那边留下了很隐蔽的线人。别干任何傻事，否则会被我发现的，你信不信？要是你在那儿和某个无耻之徒干了什么肮脏的勾当，马上就会传到我耳朵里。不，真的，我才不会饶恕肮脏的勾当，你可永远别忘了。

洋娃娃，我的信纸已经用完了，就不再跟你多说这里的生活了，因为你应该能想象，除了休息和吃饭，什么事也没有。

而说到这里的护士，她们都铁面无私，最年轻的那个还在和萨米恩托一起上学呢。

吻你，直到你说"够了"为止，

胡安·卡洛斯

又及：一定要按照约定给我回信，我比你能想象的还要无聊。至少写满三页信纸，像我寄给你的那样。

在阳台的日光下，他把信的草稿收好，将毯子放到一旁，从躺椅上起身，问一个年轻的护士，在冬季餐厅里喝茶的时候，坐他对面的那个老人，房间号是多少。十四号房间的门开了，一位上了年纪的拉丁语和希腊语教授请他的客人进门。他给客人看了妻子、孩子和孙辈的照片。随后，他提到了自己住院八年的经历。他的病需要长期住院疗养。鉴于种种原因，当然主要是经济原因，三个孙辈他全都没见过。最后，他接过客人的草稿，同意为其修改三封信里的拼写错误：第一封信七张纸，是给一位小姐写的；第二封三张纸，写给家里；第三封信也是三张纸，寄给另一位小姐。

***

科斯金

1937 年 7 月 27 日，星期六

我亲爱的：

我的眼前摆着你的信，瞧瞧我等了多久！信上写的日期是 8 号，星期四，可巴列霍斯邮局的邮戳日期是 10 号。为什么耽搁了那么久才把信投进邮筒里？你能想象我是多么望眼欲穿吗！

我妹妹的信倒是先到了，你看，多苍白的一封信啊，只有一页半，还是在课上学生们画画的时候写的。他们会画出短腿小人儿吗？我可要生她的气了。妈妈说一定会给我写信的，现在却抛到了脑后，因为她手腕抖得厉害，不好意思给我写一封字迹歪歪扭扭的信。不过反正是我妈妈的信，字再歪歪扭扭又怎么样呢？我妹妹数落了她一顿，觉得她过分小心了。

问题在于，我到这儿快二十天了，只收到过我妹妹一封信，现在又收到了你的，总算松了口气。此刻我终于能腾出手来，用手指抚摸你的后颈，倘若你不拦着我，我就一个个解开你衬衫背后的小纽扣，手顺着背慢慢滑下去，抚过你含羞草一般的皮肤。你寄来的信多美呀……你在信里写的都是真的吗？

我在这儿过着一成不变的生活，就不跟你细说我的日常了，因为我讨厌聊这些。你得好好看看这座疗养院里的一切，全都是集体行动。这儿还有好多快要死掉的人，我本不太相信，可有一天，一个十七岁的女孩没来餐厅吃饭，她已在病房里去世了。我得忍受这样的事情，这样下去我真会生病的，我的脾气已经越来越差了。要是让他们控制我的一举一动，那我就完了，因为他们不允许自由活动——医生乱成一团，他们甚至分不清谁是重症患者，谁不是，便索性同等地对待每个人，全都当作明天就要死掉的病患。所以我总是抢先行动，不把要做的事情全都说出来，毕竟也没什么大不了的。是这样，科斯金河的水暖洋洋的，刚过中午去游泳是最好的，但这儿的规矩是：吃过午饭后必须午休，或者接受一种特别的治疗，即瘫在冬季阳台的躺椅里晒太阳，身上盖着一条沉甸甸的科尔多瓦毛毯，有三条正常毯子那么重。好吧，我这小身板就免了吧，还不如在河里泡一会儿。我像亚当一样赤条条的，因为没带泳衣，也不能带毛巾，只能靠太阳把自己晒干。如果我出门时拿了疗养院的毛巾，立马会被保安揪住的。不过，山区的太阳可厉害了，如果不刮风，还没来得及打寒战，身上就晒干了。我像狗一样甩干身体，这就够了。游个泳对我有什么坏处呢？睡午觉对我来说还更糟糕些，因为到了晚上，我就会辗转反侧睡不着，脑子里想着乱七八糟的事情——至于是什么事，我最好还是别提了。

下面这些话我只对你说，连对我母亲都没提过：我在这儿实在待不下去了，因为这儿从来没把人治好过。倘若你跟别人聊起，没人会说他想回家，他们只考虑住院的开销，因为这家疗养院是整个科斯金最贵的。这儿的人总说要搬到私人开的寄宿公寓去，请外面的医生给他们治疗，或者租一间小房子，让家人过来一起住。科斯金还有一家医院，有天我突发奇想，跑去那儿看了看，因为这里的一切都无聊至极。我的心肝，你没法想象这里有多无聊。不知为何，我好喜欢这么叫你——"我的心肝"，等我再见到你的时候，就会忘记在这里看到的一切，因为你太特别了。

我跟你说说给穷人看病的医院是什么样的吧，这样你就会明白是什么情况了，我说完后，你得保证再也不要跟我提起这种话题，你健康得很，想象不到他们的咳嗽声有多么震耳欲聋。在疗养院的餐厅里也能听到一点点咳嗽声，不过还好，我们吃饭的时候，扬声器总是播放着唱片或者广播。

我去那家医院的第一天，就溜去河里游泳了。那天微风习习，因为不想睡午觉，我便散了个步，走着走着，突然发现自己到了山顶，对面就是医院。那天，住在重症病房靠门边的病人没人看望，我们于是交谈了起来。他跟我说了自己的情况，还有两个穿着睡衣和浴衣的病人也加入了谈话，他们把我当成了实习医生，我便顺势应了下来。

我再也不想去了，可是出于同情，还是时常

去和第一张床上那个可怜的病鬼聊一会儿，你也许不会相信我，但我每次去都能看到有新来的人在那张床上，你明白我的意思吗？从来没有人治好病，我的心肝，要是有床位空出来，就说明有人死了。是的，你别害怕，那儿住的都是重症病人，不然怎么会死呢。

现在，你就把所有这些忘掉吧，跟你没有关系，你很健康，身体结实，连子弹都射不进去。你就像杂货店里切割玻璃用的小金刚钻。不过，钻石都没有颜色，就像没装红酒的杯子；还是斟满了酒的杯子比较好，如一颗红宝石，鲜红欲滴。行行好，快给我回信，别像上次那样拖延，过了好久才把信投进邮筒里。

迫不及待地等你回复，热烈地吻你

你的胡安·卡洛斯

又及：我忘记跟你说了，我在疗养院里有个好朋友，下次写信我再跟你说他的事。

在阳台的日光下，他把信的草稿收好，将毯子放到一旁，从躺椅上起身，走向十四号房间。在走廊里，他跟一名年轻的护士交换了一个难以察觉的共谋的眼神。十四号房间的病人欣然接待了他，很快就开始给他的三封信修改拼写错误：第一封信有半页纸，写给一位小姐；第二封信有两页纸，写给他妹妹；第三封信有六页纸，写给另一位小姐。最后，两人聊了很久很久，这位来访者几乎向他讲述了自己的一生。

***

科斯金

1937 年 8 月 10 日

我的心肝：

几天前，你的第二封信和我妹妹的第二封信恰好同时到了。当然，两封信还是很不一样的……你的信我大概读了八十遍，而我妹妹的信，我读了两遍就扔到一旁了。我不记得读信的时候眼前是否浮现出你的样子。收到不得已才写的信，总是很容易看出来。我的心肝，至少还有人给你写信。可你相信吗？我到这里以来只收到过这四封信。人们都在想些什么呢？难道是怕被信传染吗？我可以跟你保证，他们会为此付出代价的。我父亲说得对，患难见真情。我跟你说过我父亲吗？

你瞧，我父亲和他弟弟在离巴列霍斯四十公里的地方有一块很大的土地，那是我祖父留下来的。我父亲是公共会计师，毕业于布宜诺斯艾利斯的一所大学，你明白我想说什么吗？他跟我完全不一样，我只是个可怜的小文员而已。总之，我祖父让父亲去首都上学，他认为我父亲在数字方面天赋异禀；我的叔叔却是个粗人，最好留下来放牛。唉，祖父过世后，我父亲继续上学，我叔叔却擅自把土地卖了，将所有钱财独吞，人间蒸发了。后来我们才知道，他目前在丹迪尔有一座很好的牧场。他会遭报应的。

我那可怜的爸爸必须接受现实，在巴列霍斯

安顿了下来，我并不是说他日子过得很糟糕，因为即便他有无数工作要做，我印象中也没听过他抱怨，可当他昏厥而死的时候，我妈妈像疯了一样痛哭不已。所以我还能想起，在一夜的守灵之后，大概早上8点，门铃响了。我妈妈已经听到了从布宜诺斯艾利斯开来的火车的轰鸣，那趟火车7点半到站。我们沉默地坐着，只听见从首都开来的经由巴列霍斯开往拉潘帕省的火车的汽笛声。我妈妈还以为是爸爸的弟弟坐这列火车来了，然而怎么可能呢！没有人会通知他的……好吧，结果门铃一响，我妈妈便跑到棚屋去，拿起一把猎枪：她以为是那个王八蛋来了，打算一枪取了他的性命。

可来者却是殡仪馆的工作人员，他们要来封好棺材。妈妈连哭带喊，在地上撒泼打滚，可怜的妈妈，她说爸爸昏厥而死是因为在世时郁郁寡欢，那个不要脸的弟弟把他应得的东西偷走了。他现在留下孤儿寡母，却失去了本该属于两个孩子的土地。她说，都怪他心肠太软，对此等诈骗行为，本该抗议或去法院起诉的，结果全由他的老婆孩子咽下苦果。好吧，我为什么要提起这事呢！只是一到晚上，我睡不着觉时，这事总会浮现在我脑海里。

一切都太遥远了，对吗？红宝石，你也太遥远了。我必须跟你解释，我之所以迟迟不回复，是因为我耽搁了几天才写信……我一直在想你，想其他事情，想到此刻我离你好远，才意识到一件事……我很想告诉你，可我的手如痉挛一般无法下笔，我怎么了，金发姑娘？我敢昧着良心说谎吗？我不知道以前是否有过类似的感受，或许有过，但我并未发现，因为此刻我感觉自己好爱你。

如果你能离我更近一些，如果我能看到你坐大巴从科尔多瓦来这儿，我觉得我的咳嗽都会因为喜出望外而痊愈的。为什么不行呢？一切都怪可恶的钞票，倘若足够有钱，我会立刻给你寄一张支票，让你和你母亲来这儿住几天。我的心肝，我真想你，收到你的信之前，我神思不属，担心真的病入膏肓，现在我每读一遍你的信，就又增添了几分信心。我们会多么幸福啊，红宝石，我要将你身体里斟满的酒一饮而尽，等我喝得不省人事之后，等我满怀幸福的醉意之后，你就让我在你身边睡个午觉，而你母亲在一旁看着，你别怕，她不过是好好守着我们而已。至于你父亲，现在我不在，没人去踩他的宝贝花园了吧？

好了，亲爱的，快给我写封美好的信，然后立刻寄出来，不要像我写信时这样犹犹豫豫的。

真心爱你的，

胡安·卡洛斯

又及：我还是忘了跟你说，有位好心的先生要我替他向你致意，他和我一样在这里养病。我厚着脸皮让他读了你写的信，他很喜欢你的信，你得知道，他可是个很有学问的人，曾经是大学的教授。他说我在写作方面简直一窍不通。

在阳台的日光下，他把信的草稿收好，将毯子放到一旁，从躺椅上起身，走向十四号房间。他受到了热情的接待。在协助改好唯一一封信后，客人因为剧烈咳嗽且莫名出了一身汗，不得不回他自己的房间了。住十四号房间的病人想到他这位年轻朋友的境况，以及一些可能引发的后果。

住十四号房间的病人想到他朋友的境况时所提的问题

如果胡安·卡洛斯意识到了自己的病情有多严重，他还敢用婚姻把一个女人和他的一辈子绑在一起吗？

胡安·卡洛斯是否意识到了自己的病情有多严重？

如果内妮还是处女，她会愿意嫁给一个肺结核病人吗？

如果内妮不是处女，她会愿意嫁给一个肺结核病人吗？

尽管胡安·卡洛斯的确对内妮产生了一种新

的感情，因此决定在返回巴列霍斯后向她求婚，可为什么他仍旧时不时想起，在遥远的某天，内妮把斟满自家酿的酒的酒杯放在早餐盘上，邀他畅饮时局促的样子呢？

为什么他要不停地说，玛贝尔很会打扮，端茶倒水的礼仪无懈可击，却是个自私、刻薄的人？

第八章

OCTAVA ENTREGA

我猜那

远处的闪光

勾勒出我的回归

那同样的苍白的反光

照亮并开导

深深的痛苦时刻。

——阿尔弗雷多·勒佩拉

科斯金

1937 年 8 月 19 日

我的心肝:

中午我刚要去餐厅,就接到你的来信了。此

刻我正在给你回信。今天我一点儿也不觉得惭愧，我会把我所有的感受都告诉你，我太开心了，真想从阳台上跳到底下的花园里。我想这么做很久了。阳台很高，但今天我敢肯定，我一定能稳稳当当地跳下去，像只猫那样安然无恙地跑掉。

你会说我太坏了，但你在信里写到的一件事，我看了很喜欢——你因为思念我而想哭的时候，经常躲进厕所里，所以经理骂了你。你不该哭的，小傻瓜，你真的那么爱我吗？

今天我保证，我会听从医生的所有指示，昨天他们狠狠地教训了我一通。毕竟我们暂别是有原因的：为的是当你看到我出现在巴列霍斯时，可以确保我已康复，再也不必回这里了。其实，这儿本身并不算糟糕，糟糕的是离你太远了。所以你必须答应我：控制住自己，别再躲起来哭了，尽管我还得在这儿待到年底。请你相信，哪天我离开这个地方，是因为我已痊愈了。虽然开销大了一点，健康却是无价的。等我回到巴列霍斯之后，我们将开启全新的生活，永不分离。你愿意接受我吗？好好规划一下吧。

事实上，这里的治疗简直快把我逼疯了，然而从今天起，一切都会不一样了，我做出的最大妥协是不再去河里游泳，因为医生发现了这件事，差点把我从他办公室赶出去。可现在我实在太高兴了，居然想起有一天，我父亲答应我骑五里格[1]自行车去曾经属于我祖父的那块地。我以前总是听说那块地，早就想亲眼去看看了。我当时有九岁或十岁。我到达那儿时，看见了一个小孩，就在刚建起来的牧场宅院附近。他是牧场主的儿子，正骑着一匹小马驹，由于他们不允许他跟那些雇工玩耍，他只好开始和我玩了。他求我把母亲给我做的炸肉排分他一半。等女佣叫他去吃午餐的时候，她发现这家伙已经吃得起劲了。她让我进屋，好吃完午餐。也许他们看出我不是个流浪汉，便把我领到了餐桌前，先带我去洗了手，他的母亲

1　旧时的长度单位，1 阿根廷里格约 5.57 千米。

在阳台的日光下，他停止写作，将毯子放到一旁，从躺椅上起身，走向十四号房间。他受到了热情的接待，照例递上草稿，不过，除了纠正拼写错误之外，他还有一个请求，希望老人能帮他把这封信写完。他想要寄出一封文笔优美的情书。教授欣然同意，并马上提出，可以在信中将那个女孩比作忘川，随后又详细向他解释，传说忘川是位于炼狱出口的一条河流，在升入天堂之前，经过净化的灵魂会在河里沐浴，以便洗去尘世的记忆。小伙子傻傻一笑，拒绝了教授的提议，觉得这听起来"太假了"。教授受到了冒犯，对他说，作为一个患者，他不该轻信女人的诺言，要是她们允诺了许多东西，大概率是出于怜悯而不是因为爱情。年轻人垂下了眼帘，请求回到自己的房间去，以便在教授代他改信时歇一歇。走到门口时，他抬起头，直视老人的眼睛。老人又趁机说，让一个女孩经受这种命运，未免太不公平了。上了床，这位青年便遵医嘱睡午觉。他也因此得到了一定的休息，可他的神经绷得太紧，以至于不断受到噩梦的侵扰。

在睡梦中掠过胡安·卡洛斯脑海的图像与话语：一座砖窑，一副结了痂、滴着油的人骨，田野中央的烤肉架，一块在文火上慢慢炙烤的肋排，寻找着木炭和枯枝来烧火的农民，一个负责照看烤肉架的农民在喝完一整瓶酒后睡着了，任凭肉渐渐烤焦、变干；风吹旺了火苗，火星飞溅，一具死尸钉在烤肉架上被火烤着，一根竖着插在地上的铁棍刺穿了他的心，另一根铁棍则横贯他的肋骨并撑开了他的双臂，死人动了起来，呻吟着，身体渐渐变小，缩成了一具骷髅，部分骨架上仍覆盖着一层干瘪、烧焦的皮肤，人骨沾满了被烤黑的油脂；一条长而昏暗的过道，一间没有窗户的牢房，一个手持湿抹布和肥皂的女人，一只盛满温水的杯子，一个背朝着人的女人拿水杯去河边打更多水，内妮用手搓着抹布，白沫四溅。她细心地清洗着烤肉架的炉灰里的骨块。"胡安·卡洛斯，你想想，忘川是多么美妙的一个念头！人在河里洗掉种种令人不快的记忆。灵魂迟疑地往前走，眼前的一切都让他们想起曾经的苦难。他们看见了那些因深藏在心而不显露于表面的痛苦。他们在自己的守灵夜打翻了记忆，污染了一切。"一支针管安上一根粗针，扎进了男人宽阔的胸膛，扎进两根肋骨的缝隙；打了麻药的病人感觉不到任何疼痛，他跟护士内妮说了声谢谢；年轻人忽然一声痛呼，因为又有一根针刺入了他的颈部，为他注射；内妮剥掉骨头上结的痂，收到了感谢；阿斯切罗医生将内妮逼到了医院的过道一角，强行撩起她的裙子；另一条更长的过道内漆黑一片，遍地都是白骨；内妮找到一把扫帚，十分谨慎地扫着，以免碰碎骨头；只有内妮是活着的人。"灵魂自黑暗的赎罪洞穴里走出，圣光庇佑的天使将他们引向一条清澈的河流，灵魂畏惧地靠近它。"骨头中空而轻盈，一阵风吹来，将骨头吹起，托上天空；骨头与泥土、树叶和其他垃圾一起在空中飞舞。"灵魂在水里被施以临终傅油，他们蒙上了痛苦的面纱，一切都看不分明。可他们现在却抬起头，第一次看见天堂的模样。胡安·卡洛斯，扯掉你那痛苦的面纱吧，它会阻碍你看见那最明亮的天堂。"一堆燃烧的垃圾冒起浓烟，强风将垃圾卷到天空，吹往更遥远的地方；风刮走了屋顶，将树木连根拔起；金属薄板在空中打着转，有些骨块落到了野草丛里；一潭死水的池塘，池水恶臭，有人找内妮讨一杯水喝，内妮站在远处没有听到；有人恳求内妮倒一杯水，因为嘴唇干得实在受不了了，但内妮没听见；有人请求内妮更换枕套，内妮只是看了看枕头上沾染的血迹；有人问内妮，血迹会不会让她感到恶心；一个病人对内妮发誓，他从未咳嗽过，枕套上沾的是红墨水，内妮不以为然；有人对内妮解释说，那是红墨水或番茄汁，并不是血迹；一个女人强忍着没笑出声，不过她不是内妮，这个藏在暗处的女人在嘲笑内妮的护士围裙上的大片血迹；内妮被问道，做护士的时候，她的围裙上沾到的是血、红墨水还是番茄汁？内妮将一杯水递给口干舌燥的病人，他答应以后不会再去河里游泳；这个病人向他母亲保证，去上班前会刮胡子，并且吃光家里给他做的所有饭菜。在一个寒冷的清晨，一列从布宜诺斯艾利斯开来的火车抵达了巴列霍斯上校镇车站，火车到了，可现在是晚上了，胡安·卡洛斯已经去世，并被放进了棺材里；胡安·卡洛斯的母亲听见了火车的鸣笛声，与塞莉纳交换了一个眼神；胡安·卡洛斯对母亲说，他是被自己咳出的血呛死的，所以棺材里的枕头上才血迹斑斑；母亲和妹妹朝棚屋走去，浸没在血泊中的胡安·卡洛斯拼命对她们呼喊，让她们别打死叔叔，别去找猎枪；叔叔敲响了房门，胡安·卡洛斯正要提醒他有危险；叔叔走了进来，胡安·卡洛斯发现他和十四号房间的病人几乎一模一样；胡安·卡洛斯对叔叔说，自己已经改正了许多缺点，而且每天早上都会刮脸，他现在是个勤劳的人了；叔叔的手里有一些文件，胡安·卡洛斯有种奇妙的预感，那些文件也许会使他成为叔叔牧场的主人；胡安·卡洛斯对叔叔隐瞒了自己的心思，主动提出希望去做管家；叔叔没有正面回应他，只是和蔼地微笑着，随后便回十四号房间休息了；胡安·卡洛斯打算等叔叔睡醒后对他说，母亲和妹妹总是诋毁他；很不巧，叔叔又回来了，胡安·卡洛斯责备他说，为什么要离开庄园住到十四号房间去；胡安·卡洛斯听见一阵脚步声，他的母亲和妹妹正扛着猎枪朝这边走来；胡安·卡洛斯提醒叔叔有危险，却只是白费力气，因为他躺在棺材里，爱莫能助；猎枪的枪膛很厚实，住十四号房间的那个病人的头，像蛋壳一般四分五裂，鲜血飞溅；胡安·卡洛斯想，不必再对任何人说谎了，他会告诉所有人，那就是血，而非红墨水或番茄汁。

科斯金

1937 年 8 月 31 日

我的心肝：

今天，我一直在等你的回信，却没有等到。不过，我还是写信给你，因为我收到了一封家书，心里乱糟糟的。我似乎不得不回巴列霍斯了，然后再尽快回这儿来完成治疗。而且，我母亲想让我去跟房客谈谈，把两套房子的租金提高一些。

有件事你知道吗？医生说我的病正在好转，我现在对医生是言听计从。

狠狠地吻你，

胡安·卡洛斯

他拿起没打草稿的信，塞到一只信封里。在每天 16 点的邮袋被取走之前，他便匆匆将信交给了门房。每年这个季节气温都偏高，一丝风也没有。他想起温热的河水。他往十四号房间走去，想提议玩一局牌来消遣，一直到下午茶的时间。

***

科斯金

1937 年 9 月 9 日

我的心肝：

或许我本人会比这封信到得更早一些，但我还是得跟你聊一聊。我的情况不是很好，我是说，我的心情很糟。

此刻，我想非常严肃地求你一件事，请别告诉任何人我没有完成治疗就回去了，连家里人也别说。直到最后一刻，我仍旧希望我妹妹和母亲能把事情安排妥当，这样我就不需要再去那儿了，然而事不遂愿。镇政府的人不让我延长假期，如果我继续请假，就一分钱工资也拿不到了。

我想着，如果一切都办妥了，我就尽快回到这儿来。你看，金发姑娘，只是跟你聊了一会儿，我就觉得好些了，要是能见到你，我会高兴成什么样啊！今天是我这辈子最糟糕的日子之一。

再见，亲亲抱抱

胡安·卡洛斯

在阳台的日光下，他把信的草稿收好，将毯子放到一旁，从躺椅上起身。他环顾四周，想找点新鲜事物看看，却一无所获。他想起今晚是年轻的护士玛蒂尔德值班，随时听候病人的召唤。他好想点根烟啊。他抬头望天，万里无云，一丝风都没有。虽然下午茶的时间快到了，他还是决定去河里游泳。而且，由于三天后就要启程了，这将是他最后为数不多能去游泳的机会了。

布宜诺斯艾利斯省公共卫生部
巴列霍斯上校镇地区医院

日期：1937 年 6 月 11 日

科室：综合门诊部

医生：胡安·何塞·马尔夫兰医生

病人：安东尼娅·何塞法·拉米雷斯

诊断：正常妊娠

症状：四月第二周最后一次行经，伴随呕吐、眩晕，已经门诊病历卡证实。

备注：预计一月最后一周住进产科病房。病人住在阿尔韦蒂街 488 号，为安东尼奥·萨恩斯先生家中的女佣。未婚，未说明准父亲的姓名。

将此文档复印件递交至产科病房

布宜诺斯艾利斯省警察局

分局或分所：巴列霍斯上校镇

文件归档处：地方档案馆

日期：1937 年 7 月 29 日

内容：兹确认于上述日期的 19 点 15 分，申请参加警官考试的人员将搭乘火车前往联邦区首都，名单如下：纳西索·安赫尔·贝穆德斯、弗朗西斯科·卡塔利诺·派斯、费德里科·奎略。一级警员罗穆阿尔多·卡斯塔尼奥斯随行，并携带相关文件，包括兵役登记簿和每位申请人员的注册档案。一级警员卡斯塔尼奥斯将在西部铁路 11 号车站陪他们换乘，去往南部铁路的宪法车站搭乘当日的第一班列车，再去往拉普拉塔市，下车后立刻去省警察局第二分局报到。培训班预计将于 8 月 1 日开课，为期六个月。

贝尼托·海梅·加西亚

当值副局长

布宜诺斯艾利斯省农牧业部

拉普拉塔，1937 年 9 月 12 日

行政命令

诉讼呈文——副本存档

今日，巴列霍斯上校镇专员在三号窗口受理了一起诉讼案，并接收了相应的专卖许可证：原告塞西尔·布拉夫－克罗伊登先生，居住在"珀西瓦尔"牧场；被告安东尼奥·萨恩斯先生，拍卖行主，居住在巴列霍斯上校镇阿尔韦蒂街 488 号。后者被指控卖给前者患有牛虱、炭疽病等的病牛，可构成退货理由。

***

……大巴，颠簸，尘土，车窗，田野，铁丝网，奶牛，草，司机，鸭舌帽，车窗，马匹，牧场，电报线杆子，电信公司的杆子，前排座位的靠背，腿，裤子的条纹，颠簸，座位，车厢内严禁吸烟，口香糖，车窗，田野，奶牛，草，嫩玉米，苜蓿，一辆单座双轮马车，一座农庄，一家杂货店，一栋房子，"克里奥尔姑娘"酒吧，向日葵田，社会俱乐部体育场，牧场，房屋，车窗，路灯，土地，柏油马路，安东尼奥·P.萨恩斯拍卖行，阿斯切罗医生的诊所，砖砌的人行道，灯光，阿根廷平价商店，省银行，"西方之箭"运输公司，刹车，腿，抽筋，帽子，彭丘，手提箱，我妹妹，拥抱，贴面礼，风，彭丘，感冒，咳嗽，三个街区，手提箱，阿根廷平价商店，阿斯切罗医生的诊所，"联盟"酒吧，汗，腋下，脚，腹股沟，痒，邻居们，人行道，打开的临街的门，我母亲，黑色头巾，拥抱，眼泪，前厅，门厅，手提箱，泥土，彭丘，咳嗽，晒黑的皮肤，重了五公斤，科斯金，镇政府，涨房租，假期，疗养院，预算，医生，诊断，治疗，X光，房间，床，床头柜，煤油炉，衣橱，卫生间，热水，浴缸，洗手池，马桶，衣架，毛巾，炉子，镜子，肺结核病人，运动员，生殖器，晒黑的皮肤，汗，痒，抽筋，水龙头，水流，热水，肥皂，泡沫，香水，内妮，护士玛蒂尔德，内妮，玛贝尔，内妮，内妮，内妮，订婚戒指，温水，木栅栏，拖鞋，水珠，毛巾，炉子，火焰，寒战，内衣，剃须刀，肥皂，胡子，古龙水，梳子，刘海，桌子，我母亲，我妹妹，饭菜，餐巾，巴列霍斯的新闻，炭疽病，炭疽病，丑闻，玛贝尔，英国人，诉讼，破产，玛贝尔，汤，勺，通心粉，炭疽病，诈骗，面包，往汤里加一勺浓汤宝，解除婚约，牧场，牧场，酒，苏打水，水，牛排和土豆泥，面包，酒，我母亲，假期，工资，预算，野餐，玛贝尔，呻吟，眼泪，餐刀，餐叉，牛排，土豆泥，酒，破产，教师职位，诈骗，羞耻，我的小女朋友，野餐，拥抱，吻，疼痛，血，草地，脸颊，嘴唇，嘴边的眼泪，英国人，提审，诈骗，破产，耻辱，贫穷，土豆泥，烤苹果，糖浆，我母亲，我妹妹，咖啡，晚上 9 点 15 分，寒冷，彭丘，人行道，风，土路，街角，大门，女贞，金发姑娘，内妮，我的女朋友，她母亲，她父亲，厨房，桌子，油布，科斯金，治疗，痊愈，镇政府，我的工作，计划，动机，当花匠的父亲，人行道，大门，内妮，她父亲，苗床，女贞，人行道土路，未粉刷的房屋，打包工的职位，白皙的肌肤，嘴唇，寒冷，风，大门，厨房里的灯光，厨房里的母亲，女人的诺言，"你还没痊愈吗？不过要不了多久，我相信到年底你肯定就痊愈了，坐大巴累吗？"，十四号房间，老人，你敢跟一个病人结婚吗？"我一点也不在乎，但最好不要……把手拿开，胡安·卡洛斯"，阿斯切罗医生，我妹妹，谣言，"新婚之夜再说吧，我们再恪守本分几个月，到时候你也痊愈了。我担心有人看到我们在大门边。还有，做过以后你还会爱我吗？我们再等等吧，等他们睡了，可是，胡安·卡洛斯，你记住，是你求我我才答应的"，他们会把我赶出镇政府吗？会把她赶出学校吗？就我们两个人，在小棚子里同甘共苦，不，如果不是你求我，我甚至不会碰你的手，你快求我吧，内妮，证明你永远爱我，证明你什么都不在乎，"不，亲爱的，倘若求你，你会觉得我是个荡妇，这样不行，我爸妈可能会出来，我害怕，胡安·卡洛斯，为什么男人都一个样，难道你抱着我还不够心满意足吗？"，大门，女贞，风，寒冷，"胡安·卡洛斯，你别生气呀！"，街角，柏油马路，路灯，人行道，房屋，关上的窗，关上的门，许多街角，黑暗，建筑工地，新警察局，已完工的入口，锁，链条，玛贝尔，玛贝尔，玛贝尔！我想见你，明天，等白天的时候，我会告诉你我回来了……因为我完全康复了！我不在乎你们家破产了，毕竟，塞翁失马，焉知非福？真走运，我回来了！路灯，人行道，柏油马路，风，寒冷，黑暗，建筑工地，已完工的入口，锁，链条，塞翁失马，焉知非福

二

蓝色、紫色、黑色的小嘴

BOQUITAS AZULES, VIOLÁCEAS, NEGRAS

第九章

NOVENA ENTREGA

……若我曾软弱，若我曾盲目，
只愿你能明白
它代表的价值
爱的勇气。

——阿尔弗雷多·勒佩拉

概述

自科斯金归来后，胡安·卡洛斯·埃切帕雷企图和玛丽亚·玛贝尔·萨恩斯见面未果，因为那位小姐已不在巴列霍斯了。她向校务委员会申请了休假，校方马上就批准了，而且是带薪假。她父母到火车站去给她送行，在月台上目送着开往布宜诺斯艾利斯的火车渐行渐远，直到消失不见。没过多久，马尔夫兰医生和镇长的几次谈话决定了胡安·卡洛斯的命运：这位年轻人的健康状况不适合继续工作，而他的假期也再无可能延长了。他很快便被解雇，这件事马上在内利达·恩里克塔·费尔南德斯家里激起反响，诸如此类的诘问层出不穷："身为内妮的父亲，我有权质问您！""如果您没法回去上班，是因为您的病还没好！""既然您还没痊愈，怎么敢来找我女儿呢？！""您没有良心吗？要是您传染给她了该怎么办？"胡安·卡洛斯深受冒犯，他觉得一个花匠不配对他指手画脚。他成天待在酒吧里，觉得度日如年，又不敢向他人诉苦，他很想念潘乔。胡安·卡洛斯希望他朋友能放弃去首府学习的机会，回来陪他。有一次，他在跟警察局长打扑克牌时，偶然得知了萨恩斯家的女佣怀孕的事实。

1938 年 1 月 27 日

经过一上午的忙碌，12 点 48 分，内利达·恩里克塔·费尔南德斯用餐巾擦擦嘴，折好餐巾，便离开了餐桌。她要午睡一个小时。在卧室，她脱下鞋子和棉布蓝制服，掀开被子，直接躺在床单上。在阴凉的地方，气温也高达 39 摄氏度。她想找个更舒服的姿势，便侧着身子睡觉。可枕头让她觉得不自在，于是她将枕头往旁边一推。她趴在床上。虽然已经脱了鞋，双脚还是觉得痛，趾间被酸性汗水刺激得有些疼痛。右脚大脚趾下的水泡那灼烧的感觉稍微消停了点。为了让脖子不会因被大片头发盖住而闷热不已，她用单手再次调整了发卡，将头发往上夹了一些。她的脖子湿漉漉的，渗出一层难以察觉的汗水，一滴又一滴浑圆的汗珠从她头皮上落下来。胸罩的带子和内衬都湿了，肩带深深嵌入了皮肤里，她将肩带往下拉，收着胳膊，以免肩带接缝处裂开。腋下的止汗剂扩散了，于是新的汗珠又冒了出来。她将胸罩的肩带移回原位，张开双臂仰面平躺着。她刚剃过腋毛，那里的皮肤被止汗剂染得发红。她的后背贴在床上，床单和床垫都因此热了起来。她将身体挪向床边，想在床单和床垫上找块凉爽的地儿。她开始被皮肤出汗后那种不适的灼痛感折磨。她的呼吸又深又重，空气缓慢、有力地压下膈膜。喉咙紧绷着，时不时感到一阵阵紧张，连吞咽口水都有些吃力。或许是因为她午饭时接连喝了两杯加柠檬和冰块的葡萄酒，两侧太阳穴上的压迫感愈发强烈。眼周有一种发自内部的微颤，她的眼睑因此有些发炎，她想，泪水一定盈满了，随时都可能夺眶而出。同时，似乎有什么东西，如大石般，越发沉重地压在她心头。此刻，她最大的心愿是什么呢？

此刻，她最大的心愿是，胡安·卡洛斯能回到镇政府工作。

此刻，她最害怕什么呢？

此刻，她最害怕的是，有人将她从前跟阿斯切罗医生的关系告诉最近刚到巴列霍斯，曾在圣诞集会上多次与她共舞的年轻拍卖行主。

前文所述的 1938 年 1 月 27 日，经过一天的忙碌，21 点半，胡安·卡洛斯·埃切帕雷坐在自家的花园里，打算抽每日限量一支的烟。日落前，他母亲已给花坛浇过水，还把石子路浇了一遍，空气中弥漫着一股泥土润湿后强烈的清新气息。打火机冒出小火苗，点燃了烟，一股白色的热烟袅袅升起。深色烟雾从胡安·卡洛斯嘴里吐出来，形成了一座透明的山，其后是由风信子组成的树栅围着棕榈树的花坛，四个花坛，四棵棕榈树，远处是鸡舍和一堵墙，墙后是围着旧铁条、种着桉树的院子，再远就看不到山了。平坦的潘帕斯草原，风与尘土，尘烟滚滚，从远处他几乎看不见她，只隐约看见她和父母钻进汽车，汽车启动时，再次扬起阵阵灰尘。香烟只剩烟屁股了，他将其丢进了花坛。他的右手下意识地摸了摸衬衫口袋里的一小包烟。能再抽一支吗？教师的月薪在一百二十五到二百比索之间。倘若没有萨恩斯先生的朋友，也就是镇长帮忙，很难申请到带薪假期。每月二百五十比索足以覆盖疗养院及个人的花销。难道连常规的停薪休假都不批准吗？解雇埃切帕雷的文件是由镇长、代理镇务官和财政官共同签署的。第二支烟的热气灌满了他的胸膛，令他感到一阵愉悦。

此刻，他最大的心愿是什么呢？

此刻，他最大的心愿是，能用什么法子搞到一笔钱，让他离开镇子，去科斯金最贵的疗养院继续接受治疗。

此刻，他最害怕什么呢？

此刻，他最害怕死亡。

前文所述的 1938 年 1 月 27 日，经过一天的忙碌，17 点半，玛丽亚·玛贝尔·萨恩斯烫完了头，疲惫地从美发店回到家，问她姨妈要了一份晨报，便回自己的房间休息了。她脱下外出时穿的衣服，换上一件家居服，将电风扇放到床头柜上，百叶窗拉了一半，只留足够的光线透进来，以便她翻看报纸上的电影排片表。她认为最理想的安排是跟她那个同为影迷的姨妈一起，走进一家开放冷气的电影院，这样就能从布宜诺斯艾利斯令人窒息的炎热中解脱了。最大的代价不过是坐闷热难耐的地铁，但地铁十分钟就能把她俩载到市中心，装有空调的各大电影院都在那儿。她翻开报纸的头版，想看看有没有关于电影的专栏。第二页上没有，第三页上也没有，第四页、第五页、第六页、第七页、第八页上还是没有。她愈发烦躁，打算从最后一页往前翻，然而最后一页和倒数第二页上只有房地产广告。再往前翻一页、两页、三页都一样。她火冒三丈，忍不住将那份报纸揉成一团，狠狠地砸向风扇。她觉得，一定是因为自己在美发店的热烫机下面待了太久，所以才会如此烦躁。她呜咽着，却没掉眼泪，只是深深地将脸埋进枕头里。她想道，不管去没去美发店，自己总是如此烦躁，究竟为什么呢？她将此归咎于长期的无所事事和夜不能寐。平静下来后，她抚平报纸，重新开始找电影专栏。装有空调的"歌剧"电影院里，正在上映由乔治·桑德斯和多洛雷丝·德尔里奥主演的《蓝瑟谍影》。另一家电影院"大雷克斯"也设有空调，放映的是《摘星梦难圆》，由两位当红女演员凯瑟琳·赫本和金杰·罗杰斯领衔出演。可这是首映式，能买到票吗？"宏大"影院放映的是《三个阿根廷人在巴黎》，由弗洛伦西奥·帕拉维希尼、伊尔玛·科尔多瓦和乌戈·德尔卡里尔主演，只有在巴列霍斯无事可做时，她才会去看这种国产片。"佛罗里达大影院"放的是欧洲电影：由德国演员卡特·冯·纳吉和维利·艾歇尔贝格主演的《蓬帕杜夫人》，以及由亨利·加拉和梅格·勒莫尼耶主演的《圣洁的苏珊娜》。"罗丝·玛丽"也会放映两部电影："铂金美人琼·哈洛的高人气遗作"《萨拉托加》，艾丽斯·费伊、唐阿米奇和里茨兄弟出演的《你没法拥有一切》。哪家电影院最能吸引上流的观众呢？她姨妈认为，当然是"大使"啦：既有空调，又有米高梅公司推出的高雅浪漫喜剧电影《皇帝的烛台》，由路易丝·赖纳、威廉·鲍威尔和莫琳·奥沙利文主演。难道就没有罗伯特·泰勒的新电影吗？

没有。

此刻，她最大的心愿是什么呢？

此刻，她最大的心愿是，看到罗伯特·泰勒（不行的话就蒂龙·鲍尔）怀抱一捧红玫瑰，眼中闪烁着欲望，蹑手蹑脚地推开房门，潜入她的闺房。

此刻，她最害怕什么呢？

此刻，她最害怕的是，她父亲会输掉由她那卑鄙的前未婚夫塞西尔提起的诉讼，对萨恩斯家的经济和社会地位而言，这将是一次重大的打击。

前文所述的 1938 年 1 月 27 日，经过一天的忙碌，17 点 45 分，弗朗西斯科·卡塔利诺·派斯躺在训练营的硬床上。今天的射击训练结束了。跟上午的理论课一样，他又取得了不错的成绩。他的汗水已浸湿了身上防缩粗布制的工装衬衫，衣服紧紧地贴在身上。他决定犒劳一下自己，于是朝训练营楼里的浴室走去。花洒喷出的水很凉，但并不像茅屋后的水泵抽出的水那样冰冷，倒也用不着抽水，一拧开水龙头，水就会哗啦啦地流出来。他今天下午获准外出，但不能错过训练营的晚餐，也不能花钱坐电车。拉普拉塔市中心离这儿非常远。无论如何，他从衣橱里拿出崭新的警察制服，用指腹在上衣和裤子的华达呢面料上摩挲着。他摸了摸锃亮的皮靴、用金黄色的线镶的肩章，以及金属纽扣——和其他人的别无二致，做工没有丝毫瑕疵，已抛过光，全都双线缝制在华达呢面料上。他小心翼翼地穿上，生怕崩开一道接缝，或是刮花了皮靴表面。所有人都出去了，楼里只有他一个人。他走进浴室，认真打量着镜中的警官。他把在镇上时留的小胡子剃掉了，去掉鬓角的士兵发型使他的相貌发生了变化，显露出近乎少年的特征。然而，戴上军帽后，他的眼神锐利起来，成了男人的眼神，眼周还有一些细纹：这是因为，在他用水泵里那冰凉的水冲澡时，在他和泥瓦匠们从卡车上接力卸下砖头时，在他竭尽全力将铁镐和铲子往托斯卡里挖时，在他往街上偶遇的镜子里一瞥，发现免费派发的裤子不是太大就是太小，而且破旧不堪时，眼皮总会习惯性地颤动。他摘下带有锃亮帽舌的军帽，随后又戴了回去，一遍遍试戴，让帽舌向一侧微微倾斜。

此刻，他最大的心愿是什么呢？

此刻，他最大的心愿是，穿上他崭新的制服去巴列霍斯的主干道上转悠一圈。

此刻，他最害怕什么呢？

此刻，他最害怕的是，拉瓦到巴列霍斯上校镇警察局，揭发他是她未出生孩子的父亲。

前文所述的 1938 年 1 月 27 日，经过一天的忙碌，23 点半，安东尼娅·何塞法·拉米雷斯躺在巴列霍斯上校镇地区医院产房的小床上。一个小时前，她忍受着剧痛走过四个街区，从自己的茅屋走到第一幢有电话的房子，随后才被紧急送往医院。一如既往，她姨妈在镇中心的一户人家当女佣，很晚才能回家。护士觉得还没到分娩的时候，不过希望医生能来急诊室给她看看，再决定是让她住院还是回家。护士进进出出，没有关门。拉瓦坐起身，看到院子里有微弱的灯光，还有几个男人，想必是住院的年轻女人的丈夫。还有几位白发苍苍的老太太，应该是那些年轻女人的母亲或婆婆。他们都在等着随时可能降临的消息。潘乔在很远的地方，可他是为了全家的幸福才这样：他正在接受警官训练，回来以后，就可以挣大笔的钱了。自从7月29日潘乔走后，他们快六个月没见过彼此了。她信守承诺，守口如瓶。等他的职位稳定了，一切就迎刃而解了。可他为什么不回信呢？信寄丢了吗？是她的字太丑，邮递员看不明白吗？院子里的一个男人看着很像潘乔，也许只是因为他留着浓密的小胡子和长长的鬈发。他很紧张，正抽着烟走来走去。拉瓦多么希望能抓紧潘乔那双大手，而他会温柔地亲吻她，拉瓦会感到浓密的小胡子扎着自己，她会爱抚他的头，还有他长长的鬈发。院子里的那盏灯很小，因为天气比较热，围着这盏灯飞舞的虫子比以往更多了，包括马蝇、螳螂和甲虫。

此刻，她最大的心愿是什么呢？

此刻，她最大的心愿是，孩子能健康出生。

此刻，她最害怕什么呢？

此刻，她最害怕的是，潘乔回来后翻脸不认她和孩子。

布宜诺斯艾利斯

1938 年 11 月 10 日

亲爱的玛贝尔：

我兑现了我的承诺，写信给你。这是你一再叮嘱我的，小淘气。首先，希望你和家人展信安好。我还记得六年级时我们彼此许下的承诺，那时我们才十二岁，一心只想着男男女女那些事。好吧，既然是我先去度蜜月的，那就该我先给你写信了。

首先，非常感谢你送我如此精美的礼物，床头灯好美啊，灯罩的白绢纱太精致了，还恰好是我做结婚礼服所需的布料，可怎么也买不到，大抵因为是进口货吧。对我而言自不必说的是，这件礼物还有一份深刻的含义：在内心深处，我们的友情没有断过。并不是说我看重物质，怎么说呢，当时你在街上拦下我，发自内心地祝贺我，我还没意识到，我们往日的友谊已然恢复。然而，在我婚礼前一天，床头灯送到我家时，我好好欣赏了一番，还叫来妈妈，对她说我的同学还记得我。你的眼光真好！再次衷心感谢你。

该从何说起呢？我们从教堂回到了妈妈家，和几位亲友，以及我那从特伦克劳肯赶来的公婆一起祝酒。大约9点半，我换好衣服，穿着跟你说过的那件上衣，出门上车。那辆车真是一堆破铜烂铁，但还能开动。即便到那个时候，我还根本不觉得感动：我得注意长长的裙摆，还要看着那些没上锁的手提箱，直到最后一刻还在跟妈妈吵架，她非要我把婚纱带到布宜诺斯艾利斯拍照。行吧，我最后还是同意了，但我们至今还没去照相。明天早上，我要去卡利亚奥街，哦不对，是去卡利亚奥大道的照相馆打听一下价格，我之前看到那儿的照相馆很不错——我弄混这些路名的时候，马萨总是很生气。我说过，在教堂举行的整场婚礼和早上的民政仪式期间，我紧张极了，全怪那衣服和发型，还有我试戴时就很难看的薄纱头饰；除了紧张，我没有任何其他感觉，还口干舌燥，干渴难耐。可当我穿上那件上衣后，我开始感觉到情绪变化了。坐进车里跟妈妈道别时，我情难自抑，玛贝尔，我哭得不成人形。眼泪发自肺腑，源自我的心。汽车开动时，我丈夫看着我的脸，笑了起来，不过他也深受触动，因为他看到他母亲也在哭——可怜的老太太，她看起来很善良。我拉下帽子上的薄纱，逗弄着他，我不想让他看到我妆花了。幸好下过雨，土路变得非常平整。晚上 12 点左右，我们到达林肯城，在那儿过了一夜。第二天，吃过午餐之后，我们继续开往布宜诺斯艾利斯，大约傍晚 7 点，我们进入了布宜诺斯艾利斯，汽车沿着里瓦达维亚大道行驶，夜景真美啊！我丈夫让我看经过的一些街区，包括利涅尔斯、弗洛雷斯、卡瓦利托，这些名字太好听了，是不是？夜里11点，我们到了一家四层的旅馆，房子又大又美，有点旧了，但维护得还不错。旅馆位于卡利亚奥大道，离国会大厦很近。

我只来过两次布宜诺斯艾利斯，一次是童年时，另一次是我祖母住院的时候，当时她的病情已经很严重了。因为紧接着就开始服丧，我们哪儿都没去。现在，我想做的第一件事就是去她的墓前献花，马萨却跟我吵了起来，他总是一意孤行，不过他心肠不坏，对此我没什么可抱怨的。好了，我想告诉你的是，我对这儿一无所知。住旅馆要花很多钱，但还是值得的。我丈夫认为这里很方便，因为他要和一些生意人往来。

出于这个原因，我们选择来布宜诺斯艾利斯度蜜月，他也能顺便处理一些事务。或许在事情还未实现前就说出来会招致噩运，可我再也忍不住了——其实，马萨一点儿都不喜欢巴列霍斯，他说，从未见过哪个地方像巴列霍斯这样，成天有人搬弄是非、见不得别人好。在他看来，尽管特伦克劳肯发展缓慢，但民风更为淳朴。眼下，他想安顿下来的地方是……这里。不会是其他地方！你瞧，这个胖乎乎的家伙野心真大啊。他的一些同乡在这里混得蛮好，或许我们也会的。我们决定在这里多待一周，而不是按照计划去买房子，不管怎么说，我们已经收到了许多精美的礼物，现在只需要考虑怎么布置妥当。

你也许会说，我讲的这些跟蜜月没什么关系。玛贝尔，首先我要告诉你的是，马萨是个非常不错的男人。我并不是说他没有个性，我的意思是，他只考虑未来，只考虑我们如何才能过上舒适的生活，老是考虑我想买什么东西，这样我便不用在家忙活太多了。但凡他下午有空（我说过的，上午他总会出门处理事情），我们就一起出去挑冰箱。我们已经买了一台留声机，倘若我能让他听我的话，那我们接下来要买的头一样东西，就是我中意的那款电风扇——最时兴的小号，通体奶油色。一想到今后再也不用去商店上班，我就觉得难以置信。玛贝尔，快掐我一下，好让我知道自己不是在做梦。

当然了，等我回到巴列霍斯，还有不少事情要做呢。婚礼的时间这么仓促，我能想象巴列霍斯的人会怎么议论我们，真希望他们的舌头烂掉。我跟你说过了，由于太匆忙，我甚至还没在房间里装好新窗帘。唉，他们说得多难听啊，说马萨穷得连片屋顶都没有，说我们只能住在妈妈家里。等着瞧吧，九个月之内我们肯定会有大新闻的——我们会搬到首都去，如果这件事成不了，我们就在镇里的一条柏油马路旁租一栋小房子。我跟你提起这些家长里短，是因为你们家体会过流言的可怕，经受过几个月的磨难，所以我才告诉你，因为你能理解我的感受。

我丈夫想知道，在布宜诺斯艾利斯，我喜欢什么样的房子，是市中心的一套公寓，还是郊外带院子的一栋小房子？唉，玛贝尔，我一百个愿意住在市中心。好吧，我来告诉你我早上都做些什么。马萨喜欢在房间里吃早餐，这是我最不适应的时间段：吃的时候，他总会看到我睡眼惺忪的脸，我真受不了。好，等他出门之后，我就开始缝窗帘，要是在妈妈家住不长，我还可以把窗帘留给她做个念想，她需要些东西让她开心一下，你知道的，我爸爸身体也不好。行了，难过的事情我们就不说了。正如我所说的，我正在给我结婚前的卧室缝窗帘，我找到一种布料，又好看又便宜，于是买来做窗帘。午饭时我起床准备吃饭，倘若马萨不睡午觉并且有空，我们便一起出去。要是我一个人待着，就会逛遍首都所有我想看的地方。我还在记各大街道的名字，这没什么难的。我独自去了市政议会厅[1]、英国塔[2]和它对面的摩天大楼、雷蒂罗火车站[3]和港口。我还登上了一艘可供参观的军舰[4]。明天，我要

1　市政议会厅（Cabildo）位于布宜诺斯艾利斯五月广场，在殖民时期曾是市议会和总督府，现为博物馆。

2　英国塔（Torre de los Ingleses）是 1982 年马岛战争前的称呼，现称纪念钟塔（Torre Monumental），位于布宜诺斯艾利斯的阿根廷空军广场，是 1910 年当地英国人为纪念阿根廷五月革命一百周年而建的。

3　雷蒂罗火车站（Estación de Retiro），布宜诺斯艾利斯的火车总站，也是阿根廷知名景点、历史遗址。——编者注

4　即萨米恩托护卫舰，1897 年建成服役，1961 年退役。最初是为阿根廷海军学院建造的训练船，现作为舰船博物馆。

去见识一下宪法广场火车站[1]。我的丈夫——呃，我还不习惯叫他丈夫——好吧，我的丈夫已经答应带我去拉博卡[2]，我一个人去不了，因为那里有好多流氓。傍晚7点，我一般在旅馆里等他，因为有时他会和几个生意人一块儿回来，我们便去附近喝点味美思酒。幸运的是，这周我想起来问旅馆的人，我们能不能只住宿，不在旅馆里用晚餐，这样我们就能在外面吃，没想到他们同意了。你瞧，这主意不错，因为付过晚餐的伙食费之后，旅馆提供的餐食太过丰盛，我们只顾大吃大喝，这样一来，你应该能想象，蜜月中的男人压根儿就不想出门了。

好了，玛贝尔，自从周一我们开始下馆子之后，情况就变了。你得额外买单，所以就不会像在旅馆里一样大吃大喝了。可以吃饱，但不会吃撑。

1　宪法广场火车站（Estación de Constitución），布宜诺斯艾利斯的七座中央车站之一。——编者注

2　拉博卡（La Boca）是布宜诺斯艾利斯东南部的一个街区，因其风景如画的街道、色彩缤纷的建筑而闻名，同时也是治安较差的街区之一。

我总是带他到方尖碑[1]附近散步，我俩就这样漫无目的地闲逛。等马萨先生反应过来，我们已经走到方尖碑了。方尖碑周围有许多餐厅，现在你明白我为什么要去那边了吧？大约晚上9点半，我们吃过晚餐，附近都是剧院和电影院，他也没法拒绝我的提议了。星期一，剧团都休息了，我们便去看了场电影。《海角游魂》是部不错的电影，主演是查尔斯·博耶和一名我不记得名字的年轻女演员，她是我此生见过最美的女人。对了，我也去了你提到过好几次的"歌剧"电影院。唉，你说得对，那儿豪华得远远超出我的想象。我进门便看见两边的露台是宫殿样式的，真是富丽堂皇。无论是精心培育的奇花异草、五彩缤纷的玻璃窗，还是从银幕上方跨过的一道彩虹，都让我赞叹不已。我丈夫用胳膊肘蹭了蹭我，然后指了指天花板……我吃惊得几乎叫出声来：繁星闪耀，彩云飘动，没错，这就是惟

1　布宜诺斯艾利斯方尖碑是当地的地标，位于科连特斯大道和七月九日大道交会处的共和国广场上，1936年为庆祝布宜诺斯艾利斯建城四百周年而建。

妙惟肖的天空！电影非常好看，我却忍不住抬头看向天花板。飘动的云朵贯穿了整场电影。收那么贵的门票，果然是有道理的。

周二那天，在我再三要求之下，马萨总算同意带我去大众剧院。我们来到"迈波"剧院，那天的演出叫《再见吧，方尖碑》。我还留着一份节目单，演员中有佩佩·阿里亚斯和他妻子艾达·奥利维尔——她不怎么演电影，所以我对她不太了解，不过她是一位优秀的芭蕾舞演员；还有端庄的索菲娅·博萨、阿莉西亚·巴里埃，以及那个总演反派的棕发美女维多利亚·昆卡。亲眼见到这些演员可真奇妙！但我很后悔去看了这场演出，因为里面全是下流的玩笑，让我感觉如芒在背，他们还特意拿新婚夫妇开涮，叫我直冒冷汗。星期三，我们在国家剧院看了穆伊尼奥·阿利皮剧团的《爸爸的牧场》，情节生动，最终以一场乡村庆典收尾。据节目单介绍，总共有八十名演员上台表演，我觉得这话不假。昨晚，我丈夫听说了许多关于波德雷卡剧团的木偶戏，于是我们就去看了，不过演出是在一座名为"凤凰"的社区剧院里，位于弗洛雷斯街区，而这个街区就在通往巴列霍斯的路边。玛贝尔，几天之后我们将踏上那条路，沿着它一直开到……终点。一想到这件事，我的心情就沉到了谷底。你也许会说：一个土生土长的巴列霍斯人，现在却不愿回来，这有些忘恩负义吧？可是，玛贝尔，巴列霍斯给了我什么？除了失望，什么都没有。我给你留好了木偶戏的节目单，这戏真是太棒了，等我回去再一五一十地给你复述。如果我今晚跟你说了，你都不敢信！你知道在"斯玛特"剧院出演话剧《女人们》的是谁吗？是拉梅查·奥尔蒂斯。我马上便想到了你，她是你唯一欣赏的阿根廷女演员。如果能设法买到门票，我们今晚就想去看。旅馆的人打了电话过去，可这家剧院不接受电话订票。然而，如果错过这次演出，我会发狂的。一名前台的工作人员说，会有电影明星出席这场重要的首映活动。

好吧，玛贝尔，要是我们能一起去看演出就好了，祝你身体健康，愿你爸爸不要为发生的事情忧心。马萨说过，生意嘛，总是有盈有亏，他还说，正因如此，晚上才应该尽情享乐，忘掉所有忧愁。如果事情落到他身上，他也一定会在旅馆里吃晚餐，然后上床睡觉。我正在充分利用夜晚的闲暇，纵情沉溺于布宜诺斯艾利斯这座疯狂的城市。明天，马萨想去看卡米拉·基罗加出演的《断翅》。他非常喜欢戏剧性强的话剧，我倒没什么感觉。毕竟生活就足够戏剧了，你说是不是？

你看，我兑现了承诺，真想用力地亲你一下，愿不久后我们就会相见。

内妮

她看了看手表——这是父母在她订婚当天送给她的——还有几个小时，她丈夫才会回来。她满心欢喜地想道，在布宜诺斯艾利斯这样的大都市里，她可以在完全自由、无人监视的情况下做很多事情。她翻开一张报纸，试图查找"斯玛特"剧院的地址。她的目光在不经意间停留在头版头条上：**"意大利和英国就从西班牙撤走志愿军一事未能达成一致——伦敦方面认为，墨索里尼下令撤走一万名战斗人员仍然不够。（路透社伦敦电）昨天下午……"** 她想，等第二天报纸送到巴列霍斯，她父亲一定会读到这则新闻的。他卧病在床，会读关于西班牙的一切新闻。也许得知她得嫁良人后的欣慰之情，有利于他熬过病痛。这时，从门锁传来一阵响动。她愉快地想到，大概是女佣——一位热情的同伴——照常来给她换毛巾。这个周围总是围满男人的女佣，是她在布宜诺斯艾利斯唯一能聊上几句的女人。然而，进门的是她丈夫，他微笑着解开领带。她看着他，当她意识到他正准备脱衣服午睡时，便抓住机会跟他要了两片阿司匹林，以缓解剧烈的头痛。他从口袋里掏出钱包，那儿总是备着一个装阿司匹林的信封。

第十章

DÉCIMA ENTREGA

她蓝色的大眼睛睁得浑圆

很快明白了我前所未有的哀愁

面带一种挫败女人的苦笑

她说"人生如此",我们再未见面。

——阿尔弗雷多·勒佩拉

"喂……"

"我是拉瓦!"

"喂,您是?"

"我是拉瓦!内妮太太不在吗?"

"在的。但您是?"

"我是拉瓦呀!拉瓦迪娅。您是内妮吗?"

"是我。拉瓦,你还好吗?已经夜里 10 点半了，你吓死我了。"

"我是来布宜诺斯艾利斯工作的。您没忘记我吧？"

"怎么会忘记你呢！你带孩子一起来的吗？"

"没有，我把他留在巴列霍斯我姨妈家了。她现在不做女佣了，和我一样在帮人洗衣服。她成天在家待着，顺便替我照顾孩子。"

"孩子现在多大了？"

"没多久，我一周没见他了。内妮太太，见不到他，我真受不了。"

"不是，我在问孩子多大了，有一岁了？"

"噢，是的，他过生日的时候，如果我还在这儿，肯定会去看他的。"

"你没明白我的意思。你在哪儿打电话啊？"

"在街角的酒吧里，这儿很吵。"

"你用手捂住一只耳朵，这样会听得更清楚，你试试。"

"行，我知道了，内妮太太。"

"拉瓦，别叫我太太，傻姑娘。"

"可您不是结婚了吗?"

"听着,你孩子现在多大了?"

"快满一岁零三个月了。"

"叫什么名字来着?"

"潘奇托[1],您是不是觉得这个名字不太好? 您知道为什么⋯⋯"

"拉瓦,我怎么会知道⋯⋯你后来再没见过他了吗?"

"他在茅屋边盖房子,都是他自己干活儿。内妮,您知道潘乔是个勤快人,他想先建好房子再结婚。他干活像驴子一样卖力,从警察局下班后,他就去茅屋那边盖房子。"

"他有没有答应过你,盖好房子以后会怎么样?"

"没有,什么都没有。他不想搭理我,因为他怪我到处跟人说他是孩子的父亲。我对他发过誓,除非他在警察局的工作稳定下来,我不会跟任何人

1　潘奇托(Panchito)是潘乔(Pancho)的昵称。

说这件事的。"

"那你到处跟人说过吗?"

"我一个字都没跟我姨妈说过。您快有孩子了?"

"可能是的……还是跟我说说巴列霍斯的情况吧。你碰到过我妈妈吗?"

"有的,我有次在街上碰见她和您爸爸在一起。您爸爸瘦得厉害,他为什么走路那么慢?"

"他病得很重,拉瓦,也许活不了多久了。我那可怜的爸爸,他得了癌症。他当真那么瘦吗,拉瓦?"

"是的。可怜的先生,都瘦得皮包骨头了。"

"你知道他们是要去哪儿吗?"

"是去看医生……您妈妈把您的电话号码给了我。"

"噢,是她给的。"

"她要我替她问问,您会不会给她回信,会不会给她寄钱。您妈妈告诉我,您买了一套带客厅的房子,所以不想给她寄钱了。"

"你见到塞莉纳了吗？她一般都跟谁来往啊？"

"我不知道她有没有跟人来往，据说她每天晚上都站在家门口，总有男人路过，跟她聊天。"

"但你知道什么确切的情况吗？"

"大家都说塞莉纳是个轻浮的人，不过她还没怀过孕。如果她怀了谁的孩子，大家就不会再搭理她了，看看他们是怎么对待我的。"

"那你见过胡安·卡洛斯吗？"

"见过，他总在四处游荡，无所事事。听说他又在跟寡妇迪·卡洛纠缠，您不知道这事儿？"

"谁告诉你的？"

"就……大家都这么传的。哪天我能去您家做客吗？"

"当然啊，拉瓦，你一定要来，但是得提前给我打电话。"

"行，我会给您打电话的，除非您因为我做错了事就赶我走。"

"你在说什么呢？"

"我的意思是，我没结婚就生了孩子。"

"别犯傻了，拉瓦，你再这么说我就要恼了。等你来了之后，我会跟你讲讲那个无耻之徒的事情。"

"谁啊？是胡安·卡洛斯，还是阿斯切罗医生？"

"都不是，是那个让你怀上孩子的无耻之徒。"

"您认为他有别的打算？会不会是因为，他担心娶我这样的女人会被警察局开除？"

"拉瓦，让我帮你好好看清这个家伙。下周你给我打电话，我们再详聊吧，到时候再见，拉瓦，记得给我打电话。"

"好的，太太，我会给您打电话的。"

"再见，拉瓦。"

"太感谢您了，太太。"

内妮在床上沉默地坐了片刻，期待听到她丈夫的脚步声从掩着的门外传来。四周几乎寂静无声，只能听到电车沿着轨道行驶。她打开门，喊了他一声。无人应答。她走进厨房，见他正在读报，便责怪他没回应自己。他也回以抱怨，说内妮总在他读报时打扰他。

***

"喂……"

"我是拉瓦。"

"好，有什么事？"

"您是？是内妮吗？"

"对。你还好吗？你从哪里打过来的？"

"还是在酒吧里。您丈夫还好吗？"

"挺好的。我们上次聊了不少，你却不告诉我你在哪儿工作。"

"在一家工厂里上班，内妮。我不喜欢这份工作，想回巴列霍斯了。"

"你住哪儿呢？"

"跟我姨妈的一个朋友合租了一间房，我就是经她介绍才来的。她去年就到这家肥皂厂来上班了。您想不想雇用我呢？"

"你是说来我家工作？不了，如果我有孩子就可以找个女佣，但现在还不需要呢。我丈夫工作日都不回家吃午餐。"

"我今天能去您家做客吗？"

"今天恐怕不行，拉瓦，我得出门。但你改天一定要来啊，来看看这房子。可惜我妈妈还没亲眼见过这套房子：有整套的餐厅和客厅，巴列霍斯很少有我家这样的，妈妈甚至都没法想象。"

"今天是周日，特雷莎跟一个与她差不多大的老太太出门了，她们本来是邀请我一起去的，但那老太太不太喜欢我，还经常笑话我不知道怎么过马路。我还是自己待在屋里好了。"

"我丈夫去体育场看球赛了，结束之后不知他会不会带我去哪儿，没有其他安排的话我再让你来。"

"我现在先去您家待一会儿呢？他什么时候回来啊？"

"不行，拉瓦，如果他回来看到你了，会觉得周日我已经安排了活动，就不想再出门了。"

"他要带您去哪儿？"

"上电影院或剧院去，这样我就不用做晚饭了。我厌烦了每天晚上做饭，然后马上睡觉的日子。"

"您家在哪儿呢？离我远吗？如果您愿意到我这儿来的话，我房前有一大盆皂荚，院子里还有一些大树……我们可以一起喝喝马黛茶，我还会剪下一枝皂荚送给您。"

"真不用了，拉瓦，谢谢啊，我丈夫不太乐意我独自出门。"

"我会告诉您关于玛贝尔小姐的一切……"

"她做了什么？"

"倒没什么。我来这儿之前，她男朋友去看过她，是从布宜诺斯艾利斯过去的。那人个子不高，跟玛贝尔小姐差不多，所以她现在必须穿低跟鞋。"

"他们已经订婚了？"

"没呢。要是订婚了，她早就跟我们说了。毕竟现在萨恩斯先生碰上了麻烦，他们家也没落了。想让我跟您说点阿斯切罗医生的事情吗？"

"拉瓦！我都不记得那个不要脸的混蛋了。"

"所以您丈夫都没跟您说过吗？"

"说什么？"

"就……没什么。"

"跟我多说说玛贝尔的情况吧。她男朋友怎么样？"

"太太跟我说，玛贝尔小姐在布宜诺斯艾利斯时，曾经有一位先生追求过小姐，但她并不喜欢那人，觉得他性子太软。"

"那位先生是教书的吗？你还记不记得？"

"对，好像是欤。玛贝尔小姐说过他有一份女人的工作……我会继续待在巴列霍斯，只要我还可以给孩子喂奶，就哪儿也不去，任凭我姨妈怎么劝，我也不想来这儿。天凉了，也不知道孩子有没有好好穿衣服。"

"当然，肯定会的。"

"内妮，我好想去看看潘奇托啊。您上一次是什么时候见到他的？"

"满月那会儿。"

"之后您就没来过茅屋了，您和玛贝尔小姐都不来。我一直等着您呢，您却再也不来了。您丈夫要带您去哪儿啊？"

"我不知道，拉瓦。再说我也不确定我们到底会不会出门。你回头再给我打电话吧，拉瓦，改天再聊，怎么样？"

"您给您妈妈寄钱了吗？我什么都没说，可您妈妈把所有的事都告诉我了。"

"她说了啥？"

"说您以前答应给家里寄钱，用来支付您爸爸在疗养院的治疗费，可现在，他们只好去医院了。"

"我妈告诉我，他在医院也得到了很好的治疗啊。即便我想，也寄不出钱来，我还得负担家里的日常开销。对了，你不知道的是，后来她心血来潮，又把爸爸转回了疗养院。那就让她从银行里取钱吧，不好吗？存款不就是用来应对紧急情况的吗？"

"她对我说，您对您爸爸不太好，所以她不会再给您写信了。她到底写了吗？"

"写了啊。"

"我什么时候能去看您呢？"

"回头再给我打电话。再见，拉瓦。"

"再见。"

她头很痛，心情也越来越糟。尽管如此，她还是准备铺床。这是她今天第二次整理床铺。每逢周日和假期，她丈夫总会在午餐后、看足球比赛前躺一段时间，把床上搞得乱七八糟的，因此而引起的争吵远远超出得重新铺床的范畴。内妮尽量让自己不要发火，心里想着，幸亏他只在周日和假期回来吃午餐。

***

"喂……"

"我是拉瓦！是您吗？"

"是的，你怎么样了？……唉，拉瓦，谢谢你给我带的东西，真不好意思，那天下午我不在家，你瞧，本来我平时不大出门的。但我之前跟你说过，来之前最好先打个电话。"

"我只是想给您一个惊喜而已。您喜欢那棵小树苗吗？"

"喜欢，我进门的时候就看到了。后来门房告诉我，是她给你开的门。"

"她本来无论如何也不肯给我开门，我跟她说树苗不经折腾，如果种得不好，很快就会枯掉的。您说，我把它种在那个地方好不好？"

"嗯，我觉得挺好的。"

"我要回巴列霍斯。明天就动身。"

"怎么了？发生了什么？千万别告诉我妈妈你见过我这套房子！"

"我已经攒够了车票钱，今天是我最后一天在工厂里上班。"

"你打算回去做点什么呢？继续洗衣服？"

"不了，玛贝尔小姐对我姨妈说，如果我想回去继续干，他们愿意重新雇我。眼下他们家没有女佣和厨娘，我可以和太太一起做完这些家务。他们还同意我每天下午去看潘奇托。"

"你在这儿没有男朋友吗?"

"没有,我怕跟陌生男人相处。"

"你会告诉我妈妈,你来我家做过客吗?"

"如果你不愿意,那我就不说。"

"明天的火车什么时候发车? 要是你想要,我再送你几件旧衣服吧。"

"上午 10 点。不过,如果你有什么新衣服给潘奇托就更好了,他比我更缺衣服。"

"那时间不多了,我看到有合适的就给他买点吧。明天我一定去火车站给你送行。我 9 点半到。你最好早点去,能抢个好座位。"

"那您一定得来啊,如果有什么我能用的旧物件,也记得带上。"

"拉瓦,你答应我,别告诉玛贝尔你到我家来过。"

"我答应您。现在天凉了,您有可以带给潘奇托的围巾吗?"

"我找找啊。再见,拉瓦,我还有事情要忙。"

"行，那明天见。"

"再见，记得早点去。"

"再见。"

当她看到拨号盘沾上的指印时，再次后悔买了一部白色的电话。房间里还得添一把椅子，这样一来，每次接电话就不用坐到床上去了。她下定决心，当天要擦亮卧室里所有的铁艺家具。她走向厨房，途中穿过本该是餐厅的房间，那儿只放着一个纸箱，里面装着一盏带白绢纱网罩的台灯。本该是客厅的小门厅里也没摆家具。她看着空荡荡的房间，心想，到底哪天才能攒够现金去购买需要的一切，毕竟她已经决定不再用分期付款，不再为此支付额外的隐性利息。

"既然您在那儿，为什么不帮我摘点儿无花果呢？"果实被天鹅绒般的绿皮包裹着，我用牙齿将皮撕掉，咀嚼鲜红、甜美的果肉

"下午好啊，我刚没看见您。"从拖鞋里伸出一只脚和涂成红色的脚指头，纤细的腿，丰满的臀

"下午好。"

"抱歉，我爬上这堵墙是为了安装天线，否则我们就听不了广播了，犯人们会有意见的。"犯人们从来都见不到女人

"您自己也想听吧，可别否认……"黑人的脖子和耳朵黑得发亮，他清洗自己是为了让皮肤更白

"我为什么要否认这一点呢？……我是只摘熟透的无花果，还是青的也摘？"我的华达呢制服和靴子闪闪发光

"不，我只要熟的。等过几天我再拿根棍子来打下变熟的紫色果子。"我会把它们全都吃掉，一个一个地吃，然后躺在花园里，毫不在意草丛里有蚊虫叮咬

"只要您叫我一声，我就会在墙的另一侧放一架梯子，马上就能爬上墙。"我会爬上墙，再跳下去，只为触碰她

"您是不是有其他目的？还是说只是想听到广

播节目?"一名女佣生下了一个孩子

"外面没有抢劫，不是我的错。"一颗子弹打爆了我的头

"那我就去报警，说我家的鸡被人偷了。"飘逸的白羽毛、黑羽毛和黄羽毛，卷曲的棕色羽毛，尾羽闪闪发亮，剩下的羽毛用来填充床垫，软软的，会陷下去

"他们可不会相信您的话。"

"为什么?"

"因为隔壁就是警察局，鸡窝被严密看守着。"一只白色的母鸡在等待公鸡的到来，鸡窝里没有公鸡，夜里，一只狐狸将溜进鸡窝

"这是好事，对吧……可惜没法将蚂蚁关进监狱，看看它们把我的玫瑰丛祸害成什么样了……"如天鹅绒般柔软，新鲜的粉色花瓣绽开，一个男人抚摸着花瓣，细嗅其香味，剪下那枝玫瑰

"您在撒些什么呢?"

"灭蚂蚁的毒药。"小小的、黑色的、讨厌的蚂蚁，一个有着泥瓦匠那般结实臂膀的黑人，是不

是他强奸了拉瓦？"既然您是胡安·卡洛斯的朋友，关于他的消息，您一点都没有吗？"

"有的，他给我写过一封信……"胡安·卡洛斯在打听一个女孩

"他也太不爱惜自己的身体了，你们俩关系挺好的，如果我没看错的话……"这两人之中哪个更有男子气？哪个更强壮？

"胡安·卡洛斯是我最好的朋友，对我来说一直都是。"泥瓦匠住在一座砖房里，那个女老师呢？

"他在哪儿？又去那家豪华疗养院了？"他吻我的时候，浅棕色的眼睛微微眯起

"不是，我觉得他是住在一间寄宿公寓里，单独找了一位医生。"

"另一家疗养院非常贵。"

"嗯，好像是的……需要我也摘点这边的果子吗？"

"这些……好吧，它们都熟透了。您也吃点吧。"灰中带黄的牙齿

"很难把皮撕掉。"我来替你撕，青色的皮，红色的香甜果肉

"我真担心您会摔下来。"

"不会的。我一个一个扔给您……接住了啊……好极了……裂开了吗?"受惊的母鸡咯咯叫个不停，朝铁丝网扑棱着翅膀，把自己弄伤了，狐狸赶紧从墙上的洞里逃跑

"稍等啊，我吃一个看看……跟我说说，您跟胡安·卡洛斯是在什么地方认识的?"一个黑皮肤的克里奥尔人，却算个白人，他的臂膀没那么壮，他的肩膀没那么宽

"在我们都还小的时候，有一次我主动跟他打了一架。"雌狐都有窝，但没人清楚窝的位置

"您在警察局工作很长时间了?"

"在拉普拉塔结束培训后，我就到这儿上班了，大概有一年半。"

"女孩子肯定喜欢这身制服，对不对?"等拉瓦从布宜诺斯艾利斯回来，这个黑人会再次翻过墙来强奸她吗?

"没有啦，都是些玩笑话。谁跟您说的？"白种女人是长她这个样子的，克里奥尔女人则肤色偏深，毛发浓密

"我知道有些女孩对穿制服的人很着迷。我在布宜诺斯艾利斯上学的时候，我那些女同学总会喜欢上警校生。"注意，是警校生，而不是随便哪个黑人警员

"您不喜欢吗？"喜欢，喜欢，喜欢，喜欢

没错，我也喜欢。"不，我向来循规蹈矩，我是个圣人。用不着你操心，说真的，我有男朋友了。"是个不错的青年，可跟魁梧的黑人相比，看着就像个侏儒

"谁？夏天的时候从首都来的那个？"一个矮子，我只消一拳就能让他屁股着地

"对，不然还能是谁……"

"个头不算高……"小狐狸，你的藏身之处在哪里？

"喜欢他人的是我，又不是您。"

"需要我再给您摘些无花果吗？"

"好啊，麻烦摘点上面的果子吧，您别急着走……"

她妈妈呢？去哪儿了？"我够不着，我得先到您的院子里，再爬上树去摘，您觉得可以吗？"

"不行，要是我妈妈看见你，会骂我的。您要是愿意，就等下次您在警察局不忙的时候跳下来，再爬上树去，前提是我妈妈不在。"我妈妈什么也不会说，不会，不会，过几天拉瓦就要来了

"可您妈妈总是待在家里啊，对吗？"我抓住雌狐的尾巴了

"对，我妈妈总是待在家里，几乎没有出门的时候。"

"所以……我什么时候才能跳下去？"晚上，晚上……

晚上，晚上……"我不知道，我妈妈总是待在家里。"

"她不睡午觉吗？"

"不，她不睡的。"

"晚上她总会睡觉的吧……"我悄无声息地翻

过墙，不会惊醒母鸡

"会啊，可晚上爬树怎么看得清呢。"一个强壮的男人要爬上无花果树，简直轻而易举

"可以的，我没问题……"

"但您分不清到底哪一颗无花果熟了，哪一颗还没熟。"快来，快来

"我摸摸就知道了啊，熟透了的摸着最软，渗出一滴滴蜜汁，如果我今晚来，很可能会一个人把它们吃光。您妈妈什么时候睡下呢？"我抓住她了，可不能放她走

"夜里12点肯定已经睡着了……"是他强奸了拉瓦吗？他力气有那么大？拉瓦要是来了，会发现我和一个黑人男子鬼混

"今晚到点不见不散。"那个矮子的女朋友

"天线装好了吗？"我真想吻吻你朋友那样的真男人

"不着急，等我先吃颗无花果。"我要在大庭广众之下，和一个女老师在街上走

第十一章

UNDÉCIMA ENTREGA

她悄然离开，没有一句责备，

灵魂中满是忧虑……

——阿尔弗雷多·勒佩拉

1939 年 6 月

白手帕、所有内裤和 T 恤、白衬衫都放在这边。这件白衬衫不能放进去洗，因为是丝质的。另一边的其他衬衫得先用肥皂搓洗一遍，再放入盆里，加点漂白剂就够了。白床单，我没有要洗的，白衬裙是丝质的，洗起来要格外当心：放进漂白剂里就会解体。这只盆里有一件淡蓝色衬衫、一块彩色手帕和一块方形餐巾，不过得最先洗内裤和 T

恤，因为它们容易染色，还有白手帕和文胸。见不到我的小宝贝，我要如何忍受一整天的煎熬？当然，这都是为了他好。水可真冷啊。我姨妈在茅屋外用从水泵抽出的水和肥皂在盆里洗衣服，被冻得不行，但进了玛贝尔小姐家的洗衣房，一旦关好门就不会透风了。如果明天我到家后，潘奇托还在睡觉，我一定要叫醒他！……明天下午我得去办事，然后坐整整一夜的火车从布宜诺斯艾利斯回巴列霍斯？布宜诺斯艾利斯离我的心肝宝贝太远了！明天我要先去办事，得走十五个街区才能到，我会给他一个球让他自己玩。回来后，我要洗太太、先生和玛贝尔小姐晚餐用过的盘子。潘奇托和他父亲简直是一个模子里刻出来的。穿着制服的弗朗西斯科·卡塔利诺·派斯，在这堵墙后做什么？他正用鞭子抽打一个犯人，其余的人都吓得缩成一团。等下班后，他会穿上大衣，在街角拐弯时，将有一个惊喜等着他。用这只衣夹夹住衬裙的一个角和白色丝绸衬衫的一个角，然后晾起来，再用另一只衣夹夹住衬衫的另一角，如果不碰到方形餐巾，明天就可以晾干了。穿着我那条新裙子站在街角会不会很冷？挂在洗衣房里的衣服不会因沾上灰尘而变脏。他们会问潘奇托：你叫什么名字？"我的名字是弗朗西斯科·拉米雷斯，我要好好学习，以后当一名警察。"父亲年纪大了以后，儿子就继承他警察的职务。总有那么一天，当我带潘奇托上街时，他已经能够自己走路了，可是，难道他以后永远是罗圈腿了？我会拉着他的手，但所有顽皮的小孩子都是罗圈腿，等他们长大之后，腿就自然而然变直了。我会偶然遇上他父亲，倘若他在对面的人行道上走，我就横穿马路找过去，让他看一眼孩子，他肯定会喜欢潘奇托的！跟他一个模子里刻出来的。也许某一天，我们会结婚，不必在意以什么形式去办婚礼，花那么多钱干吗呢？如此一来，潘乔就知道我已从布宜诺斯艾利斯回来了。早上6点的弥撒后，教堂里空无一人，潘乔、我、伴娘和伴郎从后面的小门进入教堂。我请萨恩斯先生和太太分别当我们的伴郎、伴娘，而玛贝尔小姐上午要在学校上课。"……吃惊的高乔人对它说，我的马儿啊你别哭，女主人将一去不复返……"这是首悲伤的探戈曲，妻子去世后，高乔人孑然一身，只有一匹马陪伴着他，他感到难以适应，"……或许正因为她善良而纯洁，上帝才将她带离了人间……"歌里没说她是否留下了一个儿子，我要是死了，还能给潘乔留下潘奇托。会把他留在谁的茅屋里？他的茅屋，还是我姨妈的茅屋？房间里只有我们两个人。我用这只衣夹把淡蓝色衬衫的袖子晾起来，彩色手帕早已晾好，所以只剩那件白色丝绸衬衫了。倘若我死了，他还可以跟潘奇托一起过，这样便不会太过伤心。至少我给他留下了一个非常健康、漂亮的儿子。"……他悄然潜入茅屋，点燃两支蜡烛，在圣母像的脚边祈祷，仁慈的圣母马利亚啊，请告诉她别忘记我，请告诉她，她的高乔人心已空，或许正因为她善良而纯洁，上帝才将她带离了人间……"要是看到他为我哭泣、祈祷，我会彻底宽恕他的！圣母马利亚，我是否应该宽恕他呢？从街上回来之后，我捞起漂白剂里的衣服，最后再漂洗一遍就完事了。不过，如果我死了，他就可以娶别的女人了，但至少他早已信守承诺与我结为夫妻。如果我死了，这绝非他的过错，而是上帝的旨意。真不幸，高乔人身边只剩下一匹马了。"点燃两支蜡烛，在圣母像的脚边祈祷……"我得找一天去为内妮祈祷，希望她能幸福，生下许多小孩。去火车站给我送行的时候，她站在街角，穿着一件漂亮的丝质夏装，领口是方形的，跟玛贝尔小姐的很像。潘奇托会因为我今天没去看他而哭吗？这都是为了你好，我的小宝贝。看看这面镜子里的妈妈吧，你喜欢妈妈身上的新裙子吗？"我在工厂里快乐地工作，从没动过去跳舞的心思……"布宜诺斯艾利斯的女孩们可以在工厂里赚更多，她们同样会被戏弄，也会嘲笑我。"直到有一天，一个求爱的青年带我去跳探戈……"他一定既黝黑又俊俏，潘乔紧紧地抱着我，仿佛再也不会松开……为什么男朋友要抛弃那个工厂里的女孩呢？我在发间别上这把梳子，如此一来，街角的风就不会吹乱我的头发。天冷极了，我最好还是穿上旧大衣？"那天的探戈叫我神魂颠倒，我焦渴的心灵被俘获，我跳舞时，心头萦绕着甜蜜的憧憬……"他每迈一步，每转一次身，腿便往前移动，推动我的腿，我的探戈跳得不太好，总是往后退，他向前，我得后退，他的腿将我的腿往后推，还好，他在短暂停顿，等我重新跟上节拍时，没有把我松开，如果他突然停止跳舞，我一定会跌倒，但他把我抓得紧紧的。而男朋友抛弃了工厂里的女孩，仅仅因为她没有新裙子！"……那奇妙旋律的和声如此甜蜜，我满心欢喜，编织着美丽的梦境……我的心在流血……"工厂里的女孩心在流血，她本会撒手人寰，只留下一个儿子独活。她会像我一样夜复一夜地哭泣吗？可她并没有死去，也没有留下孩子独活，只是哭泣，而哭并不致命。"乐曲动人心弦，节奏令人着迷，我可怜的人生将何去何从……"工厂会解雇她，她将不得不去做女佣。"……全怪那该死的探戈，我的爱人教会我跳舞，随后又令我进退维谷，让我明白他将抛弃我……"我大衣的袖子和翻领早就磨破了，如果穿上大衣，就看不出裙子是新的。"……我可怜的人生将何去何从……"她这么懒，真是活该！布宜诺斯艾利斯工厂里的女孩们知道什么叫干活吗？她们是布宜诺斯艾利斯人，就觉得比女佣高一等。我永远不会离开玛贝尔小姐家！她准许我每天下午去看望我的小宝贝，等我从街上回来，木桶里的衣服已经漂白了，咖啡渍会洗掉吗？如果没洗掉，我就再用肥皂搓洗一次。幸亏我没忘记插上这把梳子，这风太脏了！7点，潘乔会照常拐过街角，太久没见了，他看到我肯定会高兴坏了。不要怪我没提前来赴约，其实是因为我想穿上新裙子，我从布宜诺斯艾利斯回来有两周了！有人跟你说了，还是你对此一无所知？这衣服是内妮送我的，你还记得她吗？潘乔会让我给他看看小宝贝，我会告诉他，这会儿我不能去姨妈家，白衣服还没洗完呢。如果他乐意的话可以自己去，我姨妈在家里陪着潘奇托，他会喜欢这个名字吗？他会为我给孩子起了他的名字而开心的。但愿上帝不要让我在这个街角染上肺炎。倘若我把潘奇托带到这儿来了呢？我必须用内妮·费尔南德斯送的围巾裹好他，以免孩子着凉。如此一来，父子得以相认，我们会去教堂，因为我会告诉他，孩子还没受过洗，潘乔会相信我的，我们会去教堂为孩子施洗，随后他会下定决心，于是我们会结婚。看那制服、皮靴、警帽，不过是个胖子，啊，原来是警察局长！已经 7 点了？他要把我关进监狱吗？我没结婚就生了儿子，身上的衣服也是别人送的，他会认为是我偷的吗？警察局长走进咖啡馆了！如果有一天他逮捕了我，我可以告诉他雇用过我的所有人家，请他去找我的女主人以及玛贝尔小姐聊一聊。为什么潘乔还没出来？"……有一天，我在散步途中看见长椅上有个失明的女孩，她旁边坐着一位老太太，既是她的向导，也是她的亲人……"我忘了洗衬裙吗？玛贝尔小姐没跟我说裙子坏了！"……我注意到，那个女孩的眼睛很大，但较为空洞，正听着其他女孩玩耍时的嬉闹声……"塞莉纳小姐、玛贝尔小姐、内妮小姐也玩耍过，她们上六年级时还会在课间跳绳呢。"……我听到了她苦涩的怨言，她问老太太：为什么我不能一起玩……"我姨妈腿上有毛，嘴唇上面也有小胡子，如果刮掉会长得越来越浓密。她那双黝黑的手青筋暴起。但有个女佣，我是说镇长家的女佣，是个白人。跟所有住茅屋的人一样，潘乔也是个黑人。"……唉，盲女孩，我遗憾地对她说，可怜的小姑娘，跟我来。我亲吻了她，充当了她的玩伴……"至于盲女孩的父亲？某天他路过广场，对女孩视而不见，而那位老太太年纪大了，没有力气捅这个铁石心肠的男人一刀，幸好有这个好心的女人帮助老太太。"……就这样，每天我和老太太到了之后，盲女孩就兴致勃勃地来找我……那可怜的小姑娘和我一起玩的时候真开心啊！她会撒娇，要我们三个人一起玩……"等我们结婚后，宝宝会躺在白色的摇篮里，他父亲从警察局下班后便疲惫地爬上床。之后，他会挖一个坑，开始砌茅屋里卫生间的墙。他先用从水泵里抽出的冷水简单清洗，随后还会淋浴。潘乔会筋疲力尽地跳上床，但身上都已经洗干净了。潘奇托会独自站在摇篮里，小手抓着围栏，目不转睛地看着。我根本不在乎茅屋里没有厨房！潘乔首先会积极地建一个卫生间，之后看情况再建厨房，我暂时会在室外洗锅碗瓢盆，如果有剩饭剩菜，就喂给鸡吃。我拖着疲惫的身子进房间时，会看到父子俩正玩得欢呢！"……我仍清楚地记得，老太太那天独自来告诉我，盲女孩已奄奄一息。我跑到她床边，弥留之际的她对我说：现在你和谁一起玩呢？……"有一天，那个陪女孩玩耍的善良女人看到盲女孩的父亲经过，于是问他，为什么不喜欢自己的亲生骨肉？他究竟是有苦衷还是纯粹的坏蛋？"……唉，盲女孩！我不会将你忘记，因为我还记得自己失明的女儿……她也不能和别人一起玩……"我的小黑仔，千万别生病啊，你把老姨外婆给你的土豆一口气全吃掉。我的小黑仔，吃了土豆你就不会生病了。现在天这么冷……倘若我的孩子注定要失明，那我愿意替他失明，为此我宁可往眼睛里滴漂白剂。我要是瞎了，潘乔会出于同情和我结婚的，那就只能让我姨妈做饭了。"……我的瞳孔有如两面镜子，映照出幸福的所在……"漂白剂溅进眼睛里可是很痛的。"……黑夜施以惩罚，双目失明，黑暗中唯有玻璃的碎片……"玻璃窗会被打碎吗？我身上没穿大衣，起了好多鸡皮疙瘩。"迷雾蒙蔽了我的双眼，我在阴影中走投无路，聆听着你的声音……在我黑暗的孤独之中，今天我只为你哭泣……"盲人也会哭吗？缺了一只眼睛的人会流泪吗？那些装了一只玻璃假眼的人呢？"……如同一百颗长明不灭的星，我心中永远闪烁着对你的回忆……"我不会离开你的，拉瓦，我对你发誓，绝不会离开你，我是个泥瓦匠，我是个好人。"……她们将黎明的梦幻赐予我……"我爱你，拉瓦，我会永远爱你。"……在我目盲的悲伤夜晚……"他会欺负我看不见，带一个皮肤更白的女人回家，镇长家的女佣，他会骗我说那是个老太太。"……我的瞳孔有如两面镜子，映照出幸福的所在……黑夜施以惩罚，双目失明，黑暗中唯有玻璃的碎片……"玻璃碎片四溅，一块尖锐的碎片刺得工厂里的女孩血淋淋，一大块玻璃像刀子一样割破她的皮肉，从肋骨间穿过，将她的心切成了两半！我用刀砍下拔光毛的鸡的一只翅膀，然后是鸡头和鸡爪，我掏出鸡肝和鸡心，鸡的心不大。我拔光母鸡的毛，剖了一刀，鸡肚子里全是小鸡蛋。玛贝尔小姐的母亲很爱吃加盐的煎鸡蛋。母鸡的心比一只普通鸡的心更大吗？你不求我原谅也没关系，我知道你能找到更好的人，一个不是佣人的女孩。他经过时，会不会看都不看我一眼？如果生了气，他会啐我一口吗？皮靴和警帽……他来了！还穿着新大衣！而我的裙子一团糟！潘乔，你只看我的上半身就好了，方形的领口和短袖，别看下摆，已经破了，衬裙也旧了。他为什么穿过马路去了对面的人行道？他没看到我？看到了的，他明明看到我了，潘乔！他径直走进了咖啡馆！他跟警察局长是朋友？我们的儿子要瞎了！我要拿起漂白剂浇在我身上，把自己灼伤，因为我没照顾好孩子，这是我应得的惩罚。他没有爸爸，还瞎了眼，有一天，他从摇篮中掉下来，他不知道该把罗圈腿放哪儿，额头摔破了，头裂成了两半，他死了。这就是惩罚！到那时，他父亲后悔就晚了。他孤身一人，回到茅屋，倘若有点燃的蜡烛，他会向圣母马利亚祈祷。他妻子死了，儿子也已不在人世。衣服是不是已经漂白了，可以从木桶里取出来了？还没好，再等等吧！我要去看看我的宝贝吗？然后跑十五个街区，回来把衣服从漂白剂里拿出来！今天太晚了，妈妈没时间陪你玩了，等到明天下午，我的宝贝，妈妈就用新围巾裹住你，带你去广场，让你看来往不息的车流，你就喜欢看这个。哪天我再带你去看玛贝尔小姐鸟笼里养的金丝雀。等我发工资了，就给你买双鞋。鞋店是不是7点半关门？你爸爸太忙了，所以才没跟我打招呼，他会不会先去鞋店，想给我们一个惊喜？我真担心，不穿鞋子走那么多路，你会一辈子罗圈腿的，尽管在两岁前，所有你这样的穷孩子都是罗圈腿。潘奇托，我还得走过多少个街区才能亲亲你啊！我的小宝贝，你没有父亲吗？我向你保证，一领到工资就马上给你买鞋。要是你爸爸恰好路过，遇到我们，却当着所有人的面对你视而不见……他穿过马路进了咖啡馆，是不是因为怕我捅他一刀？……我用一把大厨刀砍掉鸡翅、鸡脖子、鸡爪，掏出鸡心和鸡肝，再放到平底锅里用油煎。除了烤鸡，所有食物都得先切碎再放到锅里。我把鸡赶进鸡舍，紧紧抓住它的脖子，提起一刀就砍下了头，鸡翅膀继续扑腾了一会儿，一只眼睛还在眨呢。我拔掉所有的鸡毛，又全力砍了一刀，在鸡胸脯上划一道口子，将肚子里的脏东西掏出来扔掉，再将拔了毛的鸡拿到水龙头下用凉水清洗……

1939 年 6 月

……成熟的无花果，绿色的表皮没有味道，鲜红的果肉之下是一滴滴糖浆，我狼吞虎咽地饱餐了一顿，架子上摆满了洋娃娃，它们的头发是天然的，眼睛还会动，如果我愿意，可以扭动它们的手臂、腿和头，直到它们感到疼为止，夜里，洋娃娃不会大喊大叫，三面旗子，木制十字架和铜耶稣像，画框，五斗柜，衣橱，散发着香水味的枕套，我黝黑的脑袋压在洁白的枕头上，床单上绣着现实中并不存在的小花朵纹样，一块用线缝的床罩将小花从床的一端到另一端连接起来，羊毛毯的毛来自一头温驯的母绵羊，引诱着公羊靠近。真人大小的娃娃裹在毛毯里，只要我想，就能把她叫醒，黑暗中，头发和嘴呈黑色，架子上的洋娃娃木然地坐着，我扭着它们，转动它们的头、手臂和腿，它们没法叫出声，把它们的父亲唤来，让他发现：我扭着洋娃娃的一只手臂，接着扭另一只，它们再也忍不住疼了，可只要一叫就会被人发现。克里奥尔人黝黑的皮肤会不会把绣花床单弄脏？从半夜12点到凌晨3点或4点，他弄脏了你的嘴、耳朵和你的整个身体，难道也弄脏了你的良心？你不觉得愧疚吗？汗水浸湿了这些袜子，T恤又在哪里？我拿抹布沾了些鞋油，白天时抹在皮靴的鞋面上，然后用刷子擦鞋，鞋油干后，皮靴油光锃亮，我接着擦皮带，她应该帮我擦的，懒东西，洋娃娃睡着了，头发是天然的，眼睛还会动，你快醒醒，我要走了，我跳出去后你要记得关窗，天气好冷，月亮和星群，院子，我的皮靴闪闪发光，你那张小嘴有各种糖果的味道，柠檬、蜂蜜、桉树，明天你将带给我更多甜蜜，今晚，池塘里的蟾蜍身上要结霜，水管里的水会冻住，管身也会破裂。月光辉映在我的皮靴上！蟾蜍，池塘，葡萄藤，熟睡的女佣，花坛，玫瑰丛，蚂蚁，露水，霜，无花果树，泥土，草，土墙，月光让我的肩章闪着光，金属纽扣，一只猫，我冷得瑟瑟发抖，有一只猫……什么都没有……谁踩上了枯叶？……我是被冻得发抖的，我不怕任何人……有一只猫……别过来！……我以为你是一只猫，你手里有什么东西在闪闪发光，是锋利的猫爪？是一把厨刀

科斯金

1939 年 6 月 28 日

亲爱的：

我这么快便给你回信，你会觉得奇怪吧。今天，我收到了你的来信，真不敢相信那个不幸的消息，可怜的家伙。虽然有一阵子他只是个穷困的黑

人，我们仍是非常好的朋友。但你没把更多细节告诉我，所以我恳求你，在回信里把来龙去脉讲给我听。镇上恐怕已经炸锅了吧。

出现了对房子感兴趣的买家，这很好，你可别让他跑了。尽早把房子卖了，然后快来和我团聚吧。我还没开始打听这里的房价，我太懒了，再说我又能做什么呢，我相信你一定能买到不错的房子，这样我们就能在一起了。我已经烦透了这家不入流的寄宿公寓。

不过你看，这就是命运，那个可怜的小伙子原本多么朝气蓬勃，现在已经是一具死尸了。我向你保证，我已经好了不少，今天我睡了大概四个小时的午觉，醒来时床单一点没湿，并没有因为这个消息而睡得很不好或做噩梦，我越紧张，出的汗就越多，但今天并非如此。所以你看，我的身体正在好转。

小胖妞，亲亲你，抱抱你。

胡安·卡洛斯

他放下笔，起身将窗户打开，以便通一下房间里污浊的空气。玻璃上映出了他的身影，他莫名其妙地微笑起来。他看了看手表，此刻是下午5点，天已经暗了下去，在一片黑暗中，山峦的轮廓难以辨认。他想到了死者，想到他们也许会观察生者在干什么。他想到死去的朋友，也许正在一个陌生的地方望着自己。他想到死去的朋友也许会发现，自己遇害的消息并未让他感到难过，反而让他幸灾乐祸。

第十二章

DUODÉCIMA ENTREGA

······哨兵守卫着我对爱的承诺。

——阿尔弗雷多·勒佩拉

布宜诺斯艾利斯省警察局

分局或分所：巴列霍斯上校镇

文件归档处：布宜诺斯艾利斯省司法部初级

法院及地方档案馆

日期：1939 年 6 月 17 日 [1]

1　日期疑似有误，原文如此。——编者注

原始文件（节选）

1939 年 6 月 18 日，此正式文件由警察局长塞莱多尼奥·格罗斯蒂亚加签署，并出于法律目的经副局长贝尼托·海梅·加西亚附签。签署人证明，文件概述内容与血案事实相符，警察局前官员、本警察分局警员弗朗西斯科·卡塔利诺·派斯在此次事件中丧生。

事件发生于 6 月 17 日凌晨，执勤警员多明戈·洛纳蒂做证，他在位于警察局后院的厨房里听到了尖叫声。声音来自警察局附近的某处，不过他当时无法确认具体位置，由于最近几天巴列霍斯上校镇气温较低，他把窗户都关上了。等他走进院子，尖叫声已经停止，只剩下一丝微弱的呻吟，随后呻吟也停止了。警员借助靠墙放置的一架梯子爬上了墙，向邻居安东尼奥·萨恩斯先生的庭院望去。院中有一株粗壮的无花果树，遮挡了他所有的视线，然而，他确信看到该住宅洗衣房门前有黑影在晃动。洛纳蒂警员认为，也许只是狗和猫之类的动物在打架。虽然气温较低，他依然坚持趴在墙上观察情况。几分钟后，他看到洗衣房里的灯亮了，有几个人影在移动，警员便大喊，表示愿意提供帮助，但无人响应，因为洗衣房的门显然已紧紧关上了。警员觉得最好还是回办公室值班，以防有人打电话报警，实际上，在他走到办公室之前，铃声便已经响了。是萨恩斯先生在向警方求助，因为派斯警员正躺在萨恩斯先生家里。法医胡安·何塞·马尔夫兰博士后来证实，派斯已无生命体征。

[随后，警员洛纳蒂找到本文件签署人、住在警察局大楼高层的局长塞莱多尼奥·格罗斯蒂亚加，一同前往萨恩斯先生家。萨恩斯先生穿着就寝的内衣和睡袍，和妻子阿古斯蒂娜·巴拉萨·德·萨恩斯、女儿玛丽亚·玛贝尔·萨恩斯小姐等待着他们的到来。他们被派斯警员的尖叫声惊醒，派斯警员在花园里被他们家的女佣安东尼娅·何塞法·拉米雷斯伤害，我们将在后文中称该女佣为"被告"。]

[……已无生命体征，依据相关法律条文宣

告其死亡。护士在警员的帮助下将救护车里的担架抬到前文所述的花园里。由于法医不等现场取证——例如在笔记中记录尸体所处的确切位置，现场附近植物的情况，在本案中指玫瑰花丛——结束，便坚持要抬走尸体，在此之前，本文件签署人不得不行使职权。护士劳内罗以一种近乎蔑视权威的态度，将担架扔进花坛，砸伤了一些植物。不过，经本文件签署人观察，在护士干预前，左侧路边的玫瑰丛完好无损，右侧路边的则因死者摔倒而受损。据此得以推断，现场没有搏斗痕迹，警员是被人从正面突袭的，不然无法解释为何死者没有从枪套中取出左轮手枪，尽管他的右手紧紧抓着枪柄。]

[……对此，附签本文件的副局长希望补充一点，这证明第一刀刺在腹部，心脏上的伤口是在死者倒地后才产生的……]

[……一把长二十八厘米的锋利厨刀刺入两根肋骨之间，穿透了心脏。在受害者处于站立位时，女性不可能刺出这样的伤口，受害者倒下之后，这

是有可能的，该女子可以将刀片从上往下刺入毫无防御能力的身体。]

[……被告躺在床上，不省人事。她身旁是萨恩斯小姐。被告身上只穿着衬裙和内衣，衬裙上有用水清洗过的血迹。据萨恩斯小姐解释，他们听到尖叫声时，发现被告正站在死者旁边，挥舞着凶器，口齿不清，语无伦次，随后就晕倒了。在她父母的帮助下，萨恩斯小姐将被告抬到床上，用海绵清洗血迹。由于被告浑身冰冷，他们给她盖上被子，然后立刻打电话请医生并报警，接着……]

[萨恩斯小姐说，几天前被告对自己抱怨过，死者（自从发现被告怀孕以后，便从未与她交谈过）曾在街上质问她，要求她留着院子的门，以便他晚上溜进去见她。被告对此不屑一顾，由于死者不关心她的儿子，她早已怀恨在心。然而，当晚的详情无法得知，因为他们在花园里发现被告时，她的精神高度紧张，且一言不发。

此后，出于案情需要，马尔夫兰博士检查了被告的身体，未发现性侵痕迹，但他建议不要唤醒被告，而是让她自然苏醒。洛纳蒂警员被安排留在房里，萨恩斯小姐也坐在床边一同看守被告。

同时，有必要检查住宅的布局，结果证实，大院子只有一扇可供进出的门，门两旁有两扇窗户：右边是萨恩斯小姐房间的窗户，左边是洗衣房的窗户，两扇窗都朝着花园，花园尽头便是与警察局毗邻的那堵墙。萨恩斯先生说，进出大院子的门一般是用门闩锁着的，但也不止一次敞开过，尤其是警察局的新大楼落成之后，住户觉得安全感大大提升了。]

[直到昨天，也就是16日[1]，早上8点半，被告才苏醒，萨恩斯小姐在一旁照看。9点45分，马尔夫兰博士认为，被告已经能够接受警方的审讯了。被告的陈述如下：

安东尼娅·何塞法·拉米雷斯，二十四岁，承认用一把厨刀杀害了警员弗朗西斯科·卡塔利诺·派斯。口供几度被抽噎打断，萨恩斯小姐还不

得不制止被告，因为后者不断试图以头撞墙。被告一醒来，便向萨恩斯小姐讲述了事情的来龙去脉，在被告记忆模糊时，萨恩斯小姐帮忙补上了细节。事情发生在 16 日[1]凌晨，被告看见死者穿着警服进入了她的房间。他们离主人的房间很近，但后者仍用左轮手枪相逼，迫使她满足其欲望。在此之前，死者曾经用虚假的承诺引诱被告，最后还抛弃了她和私生子，所以被告心怀怨恨。她以担心惊动主人为由进行了抵抗。萨恩斯小姐还指出，萨恩斯太太有烧心的毛病，因此已习惯半夜起床去厨房。还有一个细节：厨房与女佣的房间相连，没有安装门，仅用一块黑色帘子与厨房隔开，因为该房间最初是用作储藏室的。被告便以此为借口，说服死者去外面的院子，谎称她将在那儿满足他的要求。他不同意，最终被告威胁说要尖叫。死者虽然喝醉了——尸检已证实这一点——但还是表示同意，两人便一起去了院子里。不过，他们必须从厨房穿

1　同上，原文如此。

过，被告正是在那儿偷拿了一把刀，并将其藏了起来。死者想将她带到屋后，企图再次猥亵她。到达院子后，被告认为机会来了，便取出厨刀，想将他吓跑，然而派斯醉意正浓，对这一威胁视若无睹，反而……]

[……我们着手调查了弗朗西斯科·拉米雷斯的出生证，1938年1月28日，他出生于巴列霍斯上校镇地区医院，父亲身份不明。被告的姨妈阿古斯塔·拉米雷斯小姐，四十一岁，是一名洗衣工，也被立即传唤。她宣誓后做证说，自己曾不止一次从派斯那儿收到过抚养费，还补充说，这也意味着她每次都会带孩子去见他，条件是她不能将父子俩见面的事告诉孩子的母亲。据上述洗衣工称，由于儿子跟他长得很像，他待儿子非常亲热，但死者害怕被人看见跟孩子在一起，所以他们只是一大早在离镇子很远的地方碰头。死者曾威胁洗衣工，倘若她告诉被告自己见过孩子，就不会再给她钱了。有一次，他给孩子送了一个橡皮球作为礼物，想让洗衣工说是用他的钱买的，洗衣工却倾向于对被告

说，是自己在街边的下水道里捡的，因为这笔花销可能会让被告不高兴。]

[……和橡皮球一起，从洗衣工的邻居家被带到警察局大楼，让签署和附签文件的官员观察。毫无疑问，孩子酷似死者。至于橡皮球，经紧急调查，证实是由死者购自"克里奥尔姑娘"酒吧商店，购买日期不详，商店老板卡米洛·庞斯先生宣誓后声称，应该是在去年十二月至今年一月之间，或许是在三王节[1]。

随后，我们继续询问被告的一些邻居、前雇主、师范学院的老师等，试图了解被告平时的道德品行……]

[另一方面，警员洛纳蒂的一个好奇的观察，使人们开始怀疑该流血事件并非意外：有天晚上，他记得曾看到前警员派斯翻过那堵墙，走向了萨恩斯先生的房子，几天前的另一个晚上，他记得听到过有关派斯在值班时间溜出去找乐子的玩笑话，但

---

[1] 1月6日是基督教传说中东方三王向圣婴献礼的日子，每年的这一天，父母要向未成年子女赠送礼品。

从来没有被证实过。由此推断，死者也许已在其他时间看望过几次被告，这与被告的供词相矛盾，虽然也存在另一种可能，即死者翻过了墙，但通向房间的门一直关着，直到昨天凌晨才打开，他也因此受到了残酷的惩罚。

警察局里也没搜到死者喝下酒精饮料时用的容器……]

[根据上述材料，我们认为本案相关证词已收集完毕。被告目前被拘押在本局八号牢房接受理疗看护，除医生可因工作需要出入外，不得接触任何人。

我们以法律的名义庄严宣誓，

塞莱多尼奥·格罗斯蒂亚加　　贝尼托·海梅·加西亚
　　　局长　　　　　　　　　　　　副局长

***

布宜诺斯艾利斯省警察局

分局或分所：巴列霍斯上校镇

文件归档处：地方档案馆

日期：1939 年 6 月 19 日

塞莱斯蒂诺·派斯，十七岁，以及罗穆阿尔多·安东尼奥·派斯，十四岁，均系本警察局已故前警员弗朗西斯科·卡塔利诺·派斯之弟，未到法定年龄，因向被指控谋杀的安东尼娅·何塞法·拉米雷斯投掷石块而遭拘捕。当时，拉米雷斯在警员阿塞尼奥·利纳雷斯的陪同下登上开往梅塞德斯的火车，她将在那里等待受审。被告遭石块击中，后脑勺受伤但伤势不重，且立即得到了同车急救人员的治疗。由于上述两名未成年人躲到一节车厢后面，列车发车晚点，两人被捕后，火车便立即出发了。两名未成年人现交由巴列霍斯上校镇辖区治安法官处置。

贝尼托·海梅·加西亚

当值副局长

"我能进来吗？"我都反胃了

"当然，请进吧。我一直等着呢。"矮子打扮
得还挺像样

"您这些花草真漂亮……"可这房子让人作呕

"如果我离开巴列霍斯，唯一遗憾的就是我要
留下它们……"为什么死死盯着地板上的马赛克
瓷砖？她的衣着十分完美，穿着价值不菲的羊毛大
衣，戴着昂贵的毡帽

"太冷了，是不是？"这个乡下女人家里连炉
子都没有

"是啊，真是抱歉！屋子里太冷了，请到这儿
来，我们去客厅吧。"除非你是个巫婆，否则休想
在这里找到脏东西……好好看看，这儿多干净啊

"你瞧，我们也可以去厨房，如果那里暖和点
儿……"她没有炉子，双下巴都已经往下垂了，

肯定有四十五岁了，眼袋也很重

　　"好啊，您不介意的话，我们就去那边吧，好在一切都挺干净。"你以为能靠在我家发现脏东西来让我出丑，你这个侏儒！矮冬瓜！你戴多少顶帽子都高不到哪儿去

　　"这厨房每天需要很多柴火吗？"她必须整天擦洗厨房，边上是

　　"嗯，得烧不少呢，不过没关系，我都不出门的。"没错，我日子是过得朴素，跟你有什么相干？

　　"您收到过您女儿的信吗？"那个胖女人

　　"收到过，她挺好的，谢谢您啊。"她可不像你，她早就嫁人了

　　"她搬去哪儿了，查尔洛内？"鸟不拉屎的地方

　　"是的，她丈夫在查尔洛内做生意。那是个小地方，对吧？"可是她结婚了，结婚了，不像某人没人要……

　　"听说您要离开巴列霍斯啊，挺好的。不然您

一个人在这儿干什么呢?"在这栋破房子里

"可不是嘛,女儿都走了,我一个人在这儿干什么呢?"既然都有喜欢的人了,为什么还会独自虚度时光……

"您守寡几年了?"我哥哥看上她什么了? 只是个平平无奇的女人,穿得也不好

"已经十二年了。我丈夫去世时,女儿才八岁。我这辈子吃了很多苦,塞莉纳小姐。"是时候让我好好享受一下了,你说是吗……

"丈夫去世时,您多少岁呢?"说实话吧

该怎么回答她?"女儿才八岁……"不,不,不,我不会让你得逞的

"您瞧,太太,正如我在信里说的,我要跟您商量一件重要的事。"留着年轻人喜欢的波波头,好恶心,还有那烂大街的耳环

"行,您尽管说。"救救我吧,上帝,这女人什么都做得出来

"您瞧,首先您得答应我,不能告诉任何人。"没出息的乡下女人,要你忍着不告诉邻居真难为

你了

"我以最神圣之物起誓。"上帝会因此而惩罚我吗？

"拿谁来起誓？"要是你敢拿我哥哥起誓，我就啐你身上

我不敢拿胡安·卡洛斯起誓。"拿我女儿的幸福起誓。"

"行吧。您瞧，我收到了我哥哥寄来的一封信，他告诉了我你的打算。"

"他怎么跟您说的？"这女人想干什么？她会威胁我说要去告诉我女儿吗？

"您为什么要我再说一遍呢？"我逗你玩儿呢

"如果他在信里告诉您的不全是事实呢？我不是说他撒了谎，只是以防万一，怕产生什么误会。"只是以防万一

"他说您知道，我们，我是说妈妈和我，而不是你这个游手好闲的女人，没法再往科尔多瓦寄那么多钱支付新疗程的费用了。他住的寄宿公寓不太好，好些的又太贵。您写信给他，说打算卖掉这栋

房子后搬去科斯金，在那儿买下一栋小房子，让他来当房客。"我哥哥怎么会受得了你这个老太婆，整天穿着高跟鞋的粗俗女人

"没错，都是真的。如果可以的话，我会再找个真正的房客来帮忙分担开支。"

"我妈妈对此有些不满。"要和乡下女人来往

"为什么？这都是为了她儿子好啊？"每个自大狂都有一颗冷血的心

"是的，可她难过的点在于，无法如她希望的那样去帮助自己的儿子。"

你有本事就给他寄几个比索啊，而不是自己买那么多大衣和帽子。"可是人不该把自己看得太高，这样不太好。"

"我妈妈并没有把自己看得太高，您这么讲是不对的。事实上，我妈妈从小便养尊处优，什么都不缺，现在她为儿子难过，这是理所应当的，不是吗？"这个贱人！真贱啊！

你居然敢羞辱我，你这母狗……"也是，做母亲的都这样。"

"嗯，我妈妈和我，有件事想求您。"

"请讲。"她们会把我的一切都毁掉吗？我会失去我的爱人吗？

"您打算把所有的家具都拍卖掉？"

我得救了？"不会的，这样卖不了多少钱，全卖掉的话，之后我还得在科斯金买新家具，那要花好多钱呢。而且我也不清楚科斯金有没有家具店。想想看，假如我必须去科尔多瓦买家具，得有多麻烦？"

"我妈妈和我都猜测，您会把家具从这里运走。"

"对，我会从这儿运走。您知道吗，已经有人出价想买这房子了。"什么也拦不住我

"好吧，我妈妈和我，想求您一件事：我们不会反对您的决定，但我们求您千万别跟任何人说您要去科斯金。"没脸没皮的老太婆，跟一个比自己小那么多的男人厮混

"放心吧，我并不打算告诉任何人，对我女儿也不会说的。您也知道，这儿的人可会嚼舌根了。

您听到过关于玛贝尔的风言风语吗……"好好听着吧，你俩可是好朋友啊

你想用你那双下巴含沙射影些什么？"我可不信那些。像玛贝尔那样出身的女孩，绝不会和那个黑人染上关系。"

你们都是些无所事事的女人，而你是其中最糟糕的一个。"也许只是谣言，可她的证词似乎也对不上呢。"

"她或许是太紧张了……咱们有点说远了，总之，如果您不留心，就算不跟人说要去科斯金，人们也会打听到的。譬如说，您不要直接把家具从这里运出去。"

"那要怎么办？"

"如果您让搬家公司从这里运出家具，大家马上就知道了。您可以把家具先从这里运到您女儿在查尔洛内的住处，然后从那儿转运到科斯金，事事都得万分小心。"

别想从我身边抢走胡安·卡洛斯。"还有什么要小心的？"

"凡事都要小心为上。这样一来，没人会知道您和我哥哥在一起。您心里得清楚，这对我们家来说是一桩耻辱。"我告诉过你了

不，偷窃才是耻辱。"倘若上帝将疾病赐给您哥哥，那便是上帝的旨意，单单觉得耻辱对他的病不会有任何好处。"

"那么，您同意这么处理您的家具和卖房的相关事项吗？您办理所有手续时，都要填写您女儿在查尔洛内的地址，您同意吗？"

"我同意。"你还是回去找那些旅行推销员，爬上他们的车吧，矮冬瓜，你有什么资格用这种语气跟我说话？

第十三章

DECIMOTERCERA ENTREGA

……逝去的时光永不复返。

——阿尔弗雷多·勒佩拉

　　一个秋日的下午。布宜诺斯艾利斯的那条街上，行道树全都斜斜地生长着。为何会如此？因为人行道两旁高大的公寓楼挡住了阳光，树枝哀求似的斜着向马路中央伸去……以寻找阳光。玛贝尔正在去一位朋友家喝茶的路上，她抬眼望向生长了多年的茂密树冠，连排的粗壮树干都以一种卑微的姿态倾斜着。

　　一种隐约的征兆如丝绸手套般扼住了玛贝尔的喉咙。她臂弯里捧着一束玫瑰，细嗅着甜蜜的芬芳。为什么她突然觉得，这座城市的秋天已经降临，而且再也不会离开了？公寓楼的正面看起来富丽堂皇，但入口处没铺地毯，这提醒了她：正是凭借这种决定性的细节，她即将入住的房屋才能确定档次的高低。电梯里有一面镜子，没错，她透过黑毡帽下的面纱检查了自己的妆容，毡帽上镶着一串串用玻璃纸做的樱桃。最后，她整理了一下脖子上的狐皮围巾。

三楼，B 公寓，她的好友内妮头发高高盘起，眼影画得很深，给她开门时显得有些憔悴。

"玛贝尔，见到你真高兴！"随后，她们相互在脸颊上亲吻了两下。

"内妮！哎哟，真是上帝的小天使，小宝贝都会走路了！"她亲吻了孩子，发现内妮的小儿子在稍远的一个角落里。"还有那个小男孩，多么可爱的一张脸啊！"

"不……玛贝尔……他们一点也不好看，你不觉得他们很丑吗？"做母亲的诚心发问道。

"没有啊，他们好可爱，胖胖的，小鼻子也很挺。小的那个多大了？"

"小的八个月，大的一岁半……幸好都是男孩，对吧？长得不好看也没关系……"内妮觉得自己好可怜，除了两个丑孩子之外，就没什么能给玛贝尔看的了。

"嘿，不过两个孩子挨着出生……你真是一点时间都不浪费啊，对吧？"

"唉，你知道的，我担心时间一天天过去，你却不能来看望我。你的婚礼准备得怎么样啦？"

"瞧瞧，那些谣言也太能编了，还说我既不穿婚纱，也不开派对了！……你这房子好漂亮。"玛贝尔的嗓音因虚情假意而听起来分外尖厉。

"你真这么觉得？"

"我怎么会不喜欢呢？等我度完蜜月回来，你一定得来看一眼我那个窝，没错，我的公寓真是小得可怜。"

"肯定是个舒适的小房子，"内妮一边如此回应，一边将那些芬芳的玫瑰插进花瓶，她向来钟爱玫瑰，"你怎么忘了给我带你未婚夫的照片？"

她们都想到了胡安·卡洛斯那英俊得无可挑

剔的脸，有那么几秒钟，两人都避免直视对方的眼睛。

"不用了，带来做什么，他个子矮，长得也不好看……"

"我可想认识他了，你嫁给他总归是有原因的嘛。他应该是个很有趣的男人。就让我看看那矮个儿的照片吧……"在说完最后一句话之前，内妮便已经开始后悔了。

"这些椅子坐着真舒服。不，亲爱的，别碰我的丝袜！"

"路易西托[1]！快看，我给你一个会啪啪响的小玩意儿……待在那里别动，我就给你一块小蛋糕。"内妮去了厨房，准备烧水沏茶。

"你叫路易西托，那你弟弟叫什么呢？"玛贝尔面带微笑地看着他，试图从孩子的脸上找出和内妮丈夫的某些相似之处。

"玛贝尔，快过来，我带你看一看房子吧。"

1　路易西托（Luisito）是路易斯（Luis）的昵称。

她们在厨房碰头后，回忆不禁涌上心头：过去的很多个下午都是在内妮老家的厨房里一起度过的，那时外面正吹着潘帕斯草原上尘埃滚滚的风。

"你知道吗，内妮，我还跟以前一样喜欢马黛茶……我们有多久没一起喝茶了？"

"好多年了，玛贝尔。差不多从我被选为春日皇后开始就……现在已经是 1941 年 4 月了……"

两人都沉默了。

"内妮，人总觉得逝去的日子更美好。果真如此吗？"

两人再度相顾无言，但都对这个问题有了答案，一个相同的答案：是的，逝去的日子更美好，因为那时她们都相信爱情。沉默蔓延开来。黄昏时渐弱的微光穿过天窗，将墙壁染成一片浅紫色。玛贝尔虽不是女主人，可她再也无法忍受这种忧伤的氛围，未经许可便拉亮了小吊灯。随后她问：

"你幸福吗？"

内妮感到一个更狡猾的敌人向她发起了突袭。她一时不知如何回应，是说"我没什么好抱怨的"，还是说"生活里总有些意外",或者说"是的,我有这两个儿子就很幸福"?最后,她只是耸耸肩,模棱两可地笑了笑。

"看来你挺幸福,你现在的家庭可不是随便什么人都能有的……"

"是的,我没什么好抱怨的。我只想有套更大的公寓,里面能放下一张女佣的床。让女佣住在客厅里最麻烦了。你知道这两个孩子有多难缠吗?现在冬天快到了,他们又要开始感冒了……"内妮宁可不倒其他方面的苦水,譬如她至今还没踏足过任何俱乐部,没坐过飞机,以及,她丈夫的爱抚并不是针对她的……爱抚。

"小家伙们倒是挺健康的……你出门多吗?"

"不多,有这两个成天哭闹,总是要撒尿、拉屎的孩子在身边,我能去哪儿呢?等你自己有了孩子,就知道是什么情况了。"

"你要是没有孩子,又会想要孩子,快别抱怨了。"玛贝尔假情假意地劝她。其实她也不想过这种为人妻为人母的枯燥生活,可是比起在镇上一直单身，继续被人指指点点，这样的生活也许更好？

"你怎么样？说说你的近况吧……你打算生很多孩子吗？"

"我和古斯塔沃商量好了，在他毕业前我们不会要孩子。他还有几门课没修，却从不去上课，他也……"

"他是学什么的？"

"正在念经济学博士呢。"

内妮心想，经济学博士总该比拍卖行主更重要。

"玛贝尔，跟我说说巴列霍斯的近况吧。"

"我没听到什么新消息。为了准备婚礼，我已经在布宜诺斯艾利斯待了一个多月了。"

"胡安·卡洛斯还在科尔多瓦？"内妮感到脸颊快烧起来了。

"对，他似乎好些了。"玛贝尔看着煤气灶的蓝色火焰。

"塞莉纳呢？"

"还凑合吧。嘿，干吗要说这些，她的事情你还不清楚吗？她已经走上了一条歪门邪道，你知道的，跟旅行推销员厮混是没有好下场的。你下午不听广播剧吗？"

"不听。有什么值得推荐的吗？"

"有个剧非常精彩！5点钟开始，你不听吗？"

"没呢，从来没听过。"内妮记得，她的朋友总是比她更早发现最好的电影、最好的女演员、最好的男演员和最好的广播剧。她为什么总能抢先一步？

"我其实错过了好多集，但只要有空我一定会听。"

"可惜了，今天你又要错过。"内妮很想和玛贝尔好好聊聊，叙叙旧。她敢再次提起胡安·卡洛斯吗？

"你没有收音机？"

"有，但现在已经5点多了。"

"不对，才4点50分。"

"如果你想听，我们就听吧。"内妮想起来，自己毕竟是女主人，应该好好招待客人的。

"太棒了！你介意吗？这不影响我们继续聊天的。"

"行，这样蛮好。剧的名字是什么？"

"《受伤的上尉》，还有四天就播完了，预告说下个月会播《被遗忘的承诺》。我要不要从头给你捋一遍情节？"

"好啊，但讲完之后，别忘了给我说说拉瓦的情况，她最近怎么样？"

"非常好。那我先给你说说开头，不然到了5点，你肯定会听得一头雾水。不过，我可以保证，等我讲完，你就能听懂了。"

"那你快讲。"

"话说'一战'期间，有一位法国军队的上尉，是个贵族出身的青年，他在与德国接壤的边境负伤昏倒了。他醒来后，发现自己在战壕中，身边躺着一具德国士兵的尸体。他得知此地已被德军占领，便脱下死者的军装，将自己扮成德国人的样子。彼时，整个法国都已陷落，德国士兵正向附近的一个村庄进发。他们路过一座农场，便向主人讨要一些食物。农场主是个粗鲁、寡言的农民，他的妻子却颇有几分姿色，为了让这些德国人赶紧离开，她把所有食物都给了他们，突然，她在人群中认出了上尉。原来，她来自上尉居住的城堡附近的一个村庄，他刚参军那会儿，回城堡休假时，总会在林中遇见她。她是他的初恋情人。"

"她是怎样的女人呢？是端庄的还是张扬的？"

"好吧，她从小就喜欢他，他俩是青梅竹马。男孩经常从城堡里溜出去，到小溪里游泳，他俩还会一起采野花。女孩长大后，肯定也把自己的终身托付给他了。"

"把终身托付给他？那她就惨了。"

"不，上尉是真的很爱她，可由于她是个乡下女孩，上尉自己做不了主，他们家想让他找个贵族小姐结婚。对了，内妮，我们不喝马黛茶吗？"

"哎呀，聊着聊着我就忘了。已经准备好了，你要喝吗？上尉到底喜欢不喜欢那位贵族小姐呢？"

"呃……她是个年轻的女孩，也很爱上尉。她长得眉清目秀，应该会讨上尉的喜欢。我们喝茶吧，先别管了……"

"可他只能爱一个人。"

玛贝尔选择不予回应。内妮将收音机打开，玛贝尔看着她，并非透过她帽子上的面纱，而是透过外表的面纱，观察着内妮的内心世界。毫无疑问：如果内妮认为只能爱一个人，那是因为她从来不爱自己的丈夫，而是一直深爱着胡安·卡洛斯。

"所以他选了那位门当户对的小姐。"

"不，他以自己的方式爱着他的青梅竹马，真诚地爱着，内妮。"

"以他自己的方式？"

"是的，但对他而言，祖国永远排在第一位，他是一位功勋卓著的上尉。后来有一部分内容讲到，女人的小叔子是个叛徒，你明白我的意思吗？她那个粗鲁丈夫的兄弟是德国人的间谍，他来到农场，发现上尉就藏在谷仓里。于是上尉不得不杀死了间谍，夜里将尸体埋在了果园中。家里的狗没有叫，因为女人已经让狗喜欢上了受伤的上尉。"

布宜诺斯艾利斯七号电台，您的广播良友……现在开始……午后广播剧场……

"我倒茶的时候……孩子们也饿了。"

"这样啊，可你一定要听听，我来把音量调大点。"

一段悠扬的小提琴旋律拉开了节目的序幕。随后，乐声逐渐减弱，取而代之的是播音员抑扬顿挫的声音：那个寒冷的冬日早晨，皮埃尔躲在谷仓顶部，看见了敌我双方的初次交火。两军在距农场几公里处对峙。他想着，如果能去支援己方的兄弟就好了。就在这时，他听到谷仓里有响动。皮埃尔一动不动地窝在干草堆里。

"皮埃尔，是我，你别怕……"

"玛丽……你来得这么早。"

"皮埃尔，别害怕……"

"我现在最怕的就是我在做梦，等我醒来的时候，已经不见你的身影……在那儿……你的轮廓在那扇门的门框里，身后是满天红霞……"

"玛贝尔，别跟我说还有比坠入爱河更美好的事情。"

"嘘!"

"皮埃尔……你是不是很冷? 田野里都结了霜。但我们可以安心地说会儿话,他已经去镇上了。"

"怎么这么早? 他不是一直中午才去吗?"

"他担心战事会愈演愈烈,再晚点就去不了了。所以我趁机来帮你换换绷带。"

"玛丽,让我看看你……你的眼睛好奇怪,你哭过吗?"

"你在胡说些什么啊,皮埃尔。我可没空哭。"

"要是你有空哭了呢?"

"有空的话……我就躲起来偷偷地哭。"

"就像你今天这样?"

"皮埃尔,快让我给你换绷带。对,就这样,我就能将浸过草药的绷带取下来了。让我们瞧瞧这些乡野草药到底对你有没有好处。"

随后,玛丽开始取下缠在她爱人胸口上的绷带。正如这场在法国田间展开的战斗,玛丽心中也有两种对立的力量在斗争：一方面，她希望看到伤口已经愈合，这将是经她精心照料后令人欣慰的成果，尽管她也怀疑过这些廉价的乡野草药是否真的有效；另一方面，如果他的伤好了……皮埃尔就会离开此地，或许再也不会回来。

"这根绷带在你胸口缠了多少圈？我取下的时候你觉得疼吗？"

"不疼，玛丽，你是这么一个甜美的姑娘，根本不可能弄疼我的。"

"就知道胡说！我还记得，我给你清洗伤口的那天，你还叫出声了呢。"

"玛丽……我还没听你抱怨过什么。告诉我，假如有一天我战死了，你会怎么想？"

"皮埃尔，不许说这样的话，我的手会发抖，会把你弄疼的……现在只要把浸过草药的绷带取下来就好了。别动。"

取下绷带后，一项命运攸关的抉择摆在玛丽眼前。

一段富有节奏感和现代感的幕间音乐之后，

插入了一则广告，宣传某种具有持久清洁作用的牙膏。

"内妮，你喜欢吗？"

"喜欢，剧很有意思，但女主角的表演不是特别好。"内妮不敢赞扬女主角的演技，她记得玛贝尔一直不喜欢阿根廷女演员。

"可她演得很好啊，我喜欢。"玛贝尔反驳道。她想起内妮向来对欣赏电影、戏剧和广播一窍不通。

"她第一次委身于他，是在谷仓里，还是在她单身的时候？"

"内妮，当然是还单身的时候啊。你没发现两人是再续前缘吗？"

"我的意思是，既然她早已委身于他了，现在就不能对他寄予过高的期望。我想着，如果在两人青梅竹马的时候，她没有委身于他，如今在谷仓里没什么危险，上尉又受了伤，肯定会更殷勤地追求她。"

"这些都是不相干的事情，如果他真的爱她，就会……"

"你确定吗？她要怎么做，才能让上尉在战后回去找她呢？"

"那就要看男人是真正的绅士，还是……嘘，别说话，又开始播了。"

取下绷带后，命运的天书展现在玛丽眼前。她喜悦、惊讶又悲伤地……看到伤口已然愈合。草药是有用的，皮埃尔强健的体质也有帮助。然而，倘若玛丽决心已定……只消用指甲往连着深陷的伤口两侧、目前还透明柔嫩的新皮肤上轻轻一划，那伤疤便会再次裂开。

"玛丽，快告诉我，伤口愈合了吗？……你怎么不答话？"

"皮埃尔……"

"告诉我，我现在能回部队了吗？"

"皮埃尔……你可以离开了，伤口已经愈合了。"

"我会的！先去跟我的兄弟们并肩战斗，然后我再回来，如有必要，我会跟他拼一场……只为让你获得自由。"

"不，千万不要。他很野蛮，是一头邪恶的野兽，他会在暗中害你的。"

"玛贝尔，她为什么要嫁给那个坏男人？"

"我不知道，我错过了好多集，她大概是不想孤身一人吧。"

"她是个孤儿吗？"

"就算有父母，她也希望有属于自己的家，不是吗？让我继续听。"

"你怎么能确定你还会回来？"

一段富有节奏感和现代感的幕间音乐之后，插入了一则肥皂的广告，该产品与此前广受好评的牙膏出自同一家厂商。

"我会杀了你的，内妮，你不让我继续听，不……我开玩笑的啦。我一个人吃了一整个奶油泡芙！肯定会胖成一只桶。"

"拉瓦呢？她最近怎么样？"

"挺好的。她不愿再来我家做女佣了，我帮了她那么多忙，她现在看都不看我一眼……"

"那她怎么养活自己？"

"在外头当洗衣工，还住在她那间茅屋里，跟她姨妈一起……她邻居是个自己有地的农民，老婆死了，她们便帮他做饭、带孩子，就这样自力更生。可拉瓦是个忘恩负义的人，这些人啊，你越是帮着他们，情况越糟……"

播音员接着讲述了法国军队的处境。他们遭到围困，反抗力量越来越弱。要是皮埃尔回到部队，只会多添一条人命。但足智多谋的上尉灵机一动，大胆地穿上了敌人的制服，扰乱了德军的阵营。与此同时，玛丽也勇敢地与丈夫对抗。

"玛贝尔，如果是你，你会做出这样的牺牲吗?"

"不知道。我宁愿让他的伤口再次裂开，他就没法回去打仗了。"

"可等他知道后，会恨你一辈子的。有时候人会左右为难，对吗?"

"你瞧，内妮，我认为一切都是命中注定的，我是个宿命论者。你可以为一件事费尽心机，到头来却适得其反。"

"你是这么想的？我认为一个人一辈子至少得冒一次险。我总是后悔当初没能铁了心赌一把。"

"什么，内妮？你是说嫁给一个病人？"

"你为什么要这样说？我明明在说别的事，你为什么要挑起这个话头呢？"

"别生气，内妮，谁能想到胡安·卡洛斯会变成这样？"

"他现在比之前更注意身体了？"

"你疯了吧。他现在成天找女人鬼混。我不明白，她们都不怕传染吗？"

"呃……也许有女人不知道他病了。毕竟胡安·卡洛斯是那样一个美男子……"

"因为她们都不正经。"

"怎么说？"

"你应该知道。"

"什么啊？"内妮隐约觉得，一道深渊即将在几步之外出现，眩晕感让她有些站立不稳。

"没什么，看来你……"

"唉，玛贝尔，你想说什么？"

"你没跟胡安·卡洛斯做过……呃，你知道我什么意思。"

"你太吓人了，玛贝尔，我脸都要红了。当然没有过。我并不否认我爱过他，我是指男女之间的爱。"

"嘿，别这么着急，你太紧张了。"

"可你是想跟我说些什么的。"她一时觉得天旋地转，想弄清楚那道深渊之下究竟有什么。

"就是吧，好像女人跟胡安·卡洛斯染上关系后，就对他念念不忘了。"

"因为他长得俊俏，玛贝尔，还经常给女孩子送礼物。"

"唉，你这是装傻啊。"

"听着，女人，如果法国军队继续前进，我们最好赶紧离开这儿。快收拾好这些干草捆和奶酪模具，你怎么越来越磨蹭了，还吓得直哆嗦，蠢货！"

"我们要去哪儿？"

"到我兄弟家去，奇了怪了，他怎么还没到我们这儿来。"

"不要，别去他家。"

"少跟我唱反调，不然我给你脸上来一巴掌，你知道我下手有多重。"

"可她就这样被他打吗？真傻啊！"

"呃……玛贝尔，大概是为了孩子。她有孩子了吗？"

"我觉得应该有了。谁敢打我，我就杀了他。"

"男人都不是什么好东西，玛贝尔。"

"不是所有男人都这样，亲爱的。"

"我是说那些动手打人的男人。"

播音员中断了玛丽和她丈夫之间剑拔弩张的场景，然后向听众道别，相约明天再见。随后插入一段音乐，最后再次夸了一番先前提到的牙膏和肥皂。

"可是，玛贝尔，你提到胡安·卡洛斯时，为什么说我装傻啊？"内妮冒着受打击的风险继续问道。

"女人们舍不得离开他……就是因为床上那点事。"

"不，玛贝尔，这我就不同意了。女人都爱他，是因为他长得好看，而不是因为你说的原因。老实说，关了灯之后，就看不出自己的丈夫好不好看了，没什么差别。"

"没差别？内妮，这你就不明白了，没有两个人是一模一样的。"内妮想起阿斯切罗医生和自己的丈夫，这两个人她根本无法比较，跟卑鄙的医生偷情的时间太短，身体上的不适也让她乐趣全无。

"玛贝尔，你能知道些什么啊，你一个单身女孩子……"

"哎呀，内妮，我以前那些室友都结婚了，我们彼此完全信任，亲爱的，她们什么都跟我说的。"

"可你能知道胡安·卡洛斯什么事呀，你一无所知。"

"内妮，难道你从来没听说过胡安·卡洛斯的名声？"

"什么名声啊？"

玛贝尔做了个粗俗的手势，用两只手比画出一段约三十厘米的距离。

"玛贝尔！你让我难堪死了。"内妮感到她所有的恐惧都得到了证实。那是从新婚之夜起就产生的恐惧，要是能忘记她刚刚看到的下流手势该多好！

"据说那东西挺重要的，内妮，对女人的幸福而言。"

"我丈夫跟我说不重要。"

"也许他撒了谎……傻瓜，我只是跟你开个玩笑啦。这不是别人跟我说的关于胡安·卡洛斯的事，我这么说只是开个玩笑。别人跟我说的是其他事情。"

"什么事？"

"原谅我，内妮，别人告诉我的时候，我发誓永远、永远不会告诉任何人。所以我不能跟你说，你得原谅我。"

"玛贝尔，你太坏了。你不要话说一半嘛。"

玛贝尔望向另一个方向。

"原谅我，我发了誓就得遵守约定。"

玛贝尔用叉子将一块蛋糕分成两半，在内妮

看来，那是一把三叉戟，玛贝尔的额角长出了两只恶魔的犄角，卷曲的尾巴在桌子下勾住了一只椅腿。内妮定了定神，喝了口茶：此前真切地浮现在她眼前的魔鬼不见了。女主人一时开窍，意识到刚才所受的打击至少可以回敬一部分给她闺密。她直视玛贝尔的双眸，突然发问：

"玛贝尔，你当真爱你的未婚夫吗？"

玛贝尔犹豫了，这短短几秒便暴露了她的真实想法，幸福的喜剧谢幕了。内妮证实了她刚才不过是满口谎话，于是感到十分满足。

"内妮……这算什么问题……"

"我知道你爱他，只是有时候人也会问一些愚蠢的问题。"

"我当然是爱他的。"并不是这样。玛贝尔心想，随着时光流逝，她或许会学会如何爱他。可是，如果她未婚夫对她的爱抚没法让她忘掉其他男人的爱抚呢？她未婚夫的爱抚是什么样的？这一点或许得等到新婚之夜再说，因为提前体验要冒很大的风险。这些男人……

"你呢，内妮，你现在比恋爱时更爱你的丈夫吗？"

茶没有加糖。糕点涂了奶油。内妮说她喜欢波莱罗舞曲和将它们介绍过来的中美洲歌手。玛贝尔连连附和。内妮继续说，这些舞曲总能扣动她的心弦，歌词好像是为全天下的女人而写的，又像是写给每一个特别的女人的。玛贝尔觉得，这是因为波莱罗舞曲唱的都是肺腑之言。

傍晚7点，玛贝尔得走了。她很遗憾，离开前没见到她朋友那因生意而留在办公室的丈夫，所以没法预估他现在发福后难看了多少。内妮查看了既难洗又难熨的桌布，发现还挺干净，没有染上污渍。随后，她又查看了缎面扶手椅，确认没有污渍后，便马上开始给它们套上防尘罩。

玛贝尔走上街时，夜幕早已降临。她本想趁晚餐前有空，去看看内妮这个街区里一家很有名的百货商店的橱窗，顺便比比价。她心想，自己做事一向井井有条，从来不浪费时间，可这些精确的计算让她得到了什么？或许还是随着情绪行事比较好，或许她在街上遇到的任何一个男人，都会比她那可疑的未婚夫更能让她幸福。假如她坐上那趟开往科尔多瓦的火车呢？群山之间曾有一个爱过她的人，他比任何男人都更让她心驰神往。在布宜诺斯艾利斯的那条街上，无论白天还是夜晚，树木都歪歪扭扭的。这样的谦逊毫无必要，现在是晚上，根本没有阳光，为什么要弯腰？难道这些树已经忘记了所有的自尊和自爱？

而内妮呢，她套好扶手椅的防尘罩后，收拾了桌子。叠桌布时，她发现上面有个窟窿，正是玛贝尔这个唯一吸烟的人弹出的火星子烧出来的。

"怎么会有这么自私又粗心的人！"内妮喃喃说道。她好想倒在地上放声号叫，可是当着两个孩子的面，她只能用手捂住自己的耳朵，好减弱一点玛贝尔·萨恩斯那阴魂不散的声音："……据说那东西挺重要的，内妮。难道你从来没听说过胡安·卡洛斯的名声？……傻瓜，我只是跟你开个玩笑啦。这不是别人跟我说的关于胡安·卡洛斯的事……别人告诉我的时候，我发誓……发誓……

发誓永远、永远不会告诉任何人。我这么说只是开个玩笑，内妮。别人跟我说的是其他事情。"

树木夜以继日地倾斜着，一点香烟的火星子就能烧坏漂亮的刺绣桌布，有一天，一个乡下女孩在法国的森林里坠入爱河，爱上了不该爱的人。这就是命运⋯⋯

第十四章

DECIMOCUARTA ENTREGA

……终有一天，那燕子会停止飞行。

——阿尔弗雷多·勒佩拉

神父，我罪孽深重，要向您忏悔

是的，两年多了，我一直不敢来

由于我即将接受婚姻的圣礼，才最终下定决心来了

是的，请帮帮我，因为羞愧

之心让我什么都做不成。请帮我忏悔我所有的罪过

我撒了谎，我欺骗了我未来的丈夫

说我只跟一个男人有染，一个当时

要娶我的小伙子，可他生病了——这些都不是真

的，我骗了他。我要怎么办？　　可假如我对

他说了实话，他只会更加痛苦，这对谁都没有好

处　　　　但如果真话只会让人痛苦，还应该说出来吗？　　　　我会说的，可我还撒过另一个大谎，必须向您忏悔，一个弥天大谎……　　　　不，我忏悔过淫欲的罪孽，我已经洗清了，另一位神父宽恕了我　　　　　　　　我在法庭上撒了谎

　　在布宜诺斯艾利斯省初级法院的法庭上

不！我做不到　　　　　　不，真相只会让我和所有人更痛苦　　　　我把一切都和盘托出，是的，全都告诉您　　　　是的，神父

　　为什么？　　　　　　我和家人住在省里的一座镇上，夜里，一个在警察局上班的男人偷偷溜进了我的卧室　　　不，我并不爱他　　　帮帮我，我不知道自己为什么要那么做　是的，只是为了忘掉另一个男人　　　　　是的，我爱的是另一个男人，可他生病了，我便抛弃了他，因为我怕被传染　　　　他对我隐瞒了他在吐血的事　　这是为了他好，您不觉得吗？　　　　在他身边？

　我不知道。我确实是爱他的，可当我得知他生病后，就不再爱他了。我说的都是实话，不然我为什

么来这儿呢？您不这么想吗？　　　　　　　好吧，我想要一栋房子，一个家，想要生活幸福美满，即便我不再爱他，我又有什么错呢！

是的，我很软弱，我请求您的宽恕　　　我跟您提到的那个男人进了我的卧室　　　不，不是生病的那个，是另一个，那个警察　　　不，生病的那个不是警察。一个闷热的晚上，我开着窗子，发现他在花园里看着我：他已经进我家了　　　不，我没有力气推开他，从那以后，他想来的时候就来找我。我要怎么做才能得到宽恕？　　　　　不，我在法庭上撒谎还有一个原因。原来那个警察是我家女佣私生子的父亲，女佣从布宜诺斯艾利斯回我家时，我就已经陷入了他的诱惑　　　不，她回来是因为我让她这么做，准确来说，是我妈妈叫她回来的　　　不，她之前就在我们家做过女佣，当时她怀孕了　　　不，我不可能对他说什么，因为那时我还不认识他，他在警察局入职后，我们才认识的　　　　　不，不是在庭审期间，我是在这之前认识他的，因为庭审时他已经死了，法庭审的就是他被杀的那个案子⸺好，我从头开始讲。女佣重新回我家干活儿时⸺从布宜诺斯艾利斯回来，是我妈妈叫她回来的，那时我意识到，我们有被她捉奸的风险⸺不，不是我妈妈，她的房间还在更远处，是那个女佣！因为她恨那个警察。我告诉他我有些害怕，可他还是继续来找我。有天晚上，女佣听到了响动，但她没发觉有什么情况，另一天晚上，她又听到了同样的声响，便出门走进了院子。她正好目睹他翻过墙，打算回警察局去，还听到了我关上窗户时发出的声音⸺

是的，那时已经是冬天了。⸺她察觉到了，第二天夜里，她冒着严寒在院子里守着，等他从我的房间里出来⸺他会在天亮前离开。那个致命的夜晚，我早已沉沉睡去，在从窗户跳进花园之前，他把我叫醒，这样我就可以在他出去后关上窗户。1939年那个冷得出奇的冬天，寒意刺骨。就在我打算重新睡下时，听见了一阵痛苦的惨叫。我从床上一跃而起，把窗户打开，却没听见任何声音。女佣竟然敢一直守着他，还捅了他两

刀   是

的，我叫来了爸妈，当然，我也怕女佣来杀了我。

可我看见爸爸朝她走去。她跪在警员旁边，后者已经死了，一把厨刀插进了他的心脏。她一动不动，我爸爸走近她，让她把厨刀拔出来再交给他，她照做了。我爸爸用两根手指捏住刀刃，没有弄脏手，并且用一只手臂搀着她进了屋。我妈妈问她做了什么，女佣却像傻掉了一样，毫无反应。我妈妈让我去拿香水和酒精给女佣闻。我怕得要死，担心爸妈会知道事情的来龙去脉。我见卫生间里有一小瓶"鲁米那"安眠药，便拿了两片藏在手心里。我告诉妈妈，我什么都没找到，因为我妈妈确实有个毛病，总是把所有东西都收起来，有时我怎么也找不到需要的东西，所以她只好亲自去找香水和酒精。我将药片塞进女佣嘴里，让她吞下去，可她还是噎住了。我妈妈过来给她倒了一杯水，虽然妈妈并不傻，却没意识到发生了什么。女佣很快就睡着了。警察问我事情的原委时，我不知道哪儿来的勇气……让我对他们撒了谎。我说那个男的想非礼女佣，她只好用厨刀自卫。唉！我不止一次想象过这一切，我早就想过会发生这样的事，他却不予理会 不，到了早上女佣才醒过来，我在她身边守了一夜。在我的再三坚持下，那个医生没有让他们把女佣带去警察局，而是留下一个警员看守着，他时不时会去厨房吃东西。我不知道您有没有注意到，警察和医生对不幸之事早就习以为常，所以他们往往毫不退缩。还有神父，请原谅我这么说，神父也表现得相当冷静、克制。那个可怜的女人醒来后，我告诉她，如果说出事情的真相，她会被判处终身监禁，就永远见不到她的儿子了。我不停地跟她解释，直到她明白，关于那个男人进我房间的事，一个字也不能讲，对外只说他翻墙是为了去看她，想要再次猥亵她。我告诉女佣，现在她没必要报复我了，她该做的是尽可能拯救自己，这样才能让她的儿子得到幸福——我是这么劝她的——至于她的证词该怎么说，我也跟她解释得很明白。她默默地看着我。一切都进展得很顺利。她明白，只有撒谎才能获释。每个人都认为这是正当防卫。只有她、律师和我知道真相，当然还有那个已经死去的男人　　　那个死掉的男人　　　是哪个病人呀？　　　　不，我抛弃的那个没死，他还活着呢，我说的是另一个　　　　女佣杀死的那个！　　　　不，那又有什么用？　　　如果那可怜人的所作所为仅仅是因为无知呢？您觉得上帝还是不会宽恕她？　　　上帝没有别的办法来惩罚她？只能通过法律手段吗？是的，您说得对，必须将真相公之于众

　　好吧，我向您保证，我会说出真相的。可我该去找谁呢？　　　　法官的名字我已经忘了

　　我觉得，让他丧命的不是第一刀，应该是第二刀　　　　　　也许几秒钟后才死　　　　哪怕只有一秒钟的悔意，上帝也会宽恕吗？　　　那我会照做的，如果这样可以减轻他在炼狱里的痛苦　　　　您认为他有过一秒钟的悔意吗？如果没有，他就会下地狱，无论我们这些生者如何祈祷，也帮不了身处地狱的他　　　　　　什么事？　　　我能为他做

什么呢？　　　　　对，他们很穷　　　　他应该三四岁了　　　　　　　　　　　　　　　　　是 的，在茅屋里长大，以后就成了小偷或恶棍　　　等他到了该去上学的时候　　　　行，我保证　　　直到什么时候？　　　　好，这两件事我都答应您：我会去说出全部真相，并确保那个可怜的小男孩接受教育　　　　　　　　　　　是的，我忏悔　　　　为我所做的一切　　　十遍　　　《天主经》，十遍《圣母颂》，两遍《玫瑰经》，每天晚上都念

　　　　　　　　是的，我明白了，我知道自己很软弱　　　　可假如我不爱他了，又有什么错呢？　　　　　如果我不爱他了，还必须跟一个患病的男人结婚吗？不爱一个人，还和他结婚，不也是一种罪过吗？这不是欺骗吗？欺骗不也是罪过吗？　　　　是，我明白了　　　　谢谢您，神父，我保证　　　　　　　　　　以圣父、圣子、圣灵之名，阿门。

1947 年 4 月 18 日，星期六，15 点，胡安·卡洛斯·哈辛托·欧塞维奥·埃切帕雷停止了呼吸。他的母亲和妹妹陪在他身边。依照惯例，每年圣周[1]期间他都会来看望她们，根据医嘱，初秋的时候他可以到巴列霍斯上校镇小住一段时间。由于身体极度疲惫，他已经四天没离开自己的房间了。午餐时，他比平时更有胃口，可胸部的剧痛让他从午睡中醒来，他大声呼喊他的母亲，没过多久便因肺部出血而窒息。马尔夫兰医生在十分钟后赶到，宣布胡安·卡洛斯已经死亡。

　　前文所述的 1947 年 4 月 18 日，星期六，15 点，在联邦首都，内利达·恩里克塔·费尔南德斯·德·马萨正用一块泡过肥皂水的抹布擦拭她公寓的厨房地板。虽然她丈夫不同意，她早已洗完了午餐用过的碗碟和厨具，而且为遵从自己的想法做

1　复活节之前的一周即是圣周（Semana Santa），是基督教国家最重要的宗教庆典之一。

事而感到满意。她丈夫又一次抱怨星期六女佣不上班，并要求妻子午睡后再洗碗。内妮不同意，因为油渍冷掉、结块之后更不好洗，他有点恼火，继续跟她理论说，等会儿她进卧室时会吵醒他，他就再也睡不着了，他急需睡眠来抚慰自己的神经。最后，内妮回答丈夫，为了不打扰他，把厨房里的活儿干完后，她会去其中一个孩子的床上睡。

前文所述的 1947 年 4 月 18 日，星期六，15 点，玛丽亚·玛贝尔·萨恩斯·德·卡塔拉诺趁母亲来联邦首都一起庆祝圣周之际，将厨房里洗碗的活儿交给她母亲，自己则带两岁的女儿去广场晒太阳。一如她担心的那样，街角的男士用品店并没有营业，她对在店里上班的一个年轻售货员颇有好感。

前文所述的 1947 年 4 月 18 日，星期六，15 点，弗朗西斯科·卡塔利诺·派斯的遗体躺在巴列霍斯上校镇公墓的墓穴里，只剩一副骨架，上面还盖着其他腐烂程度不等的尸体，最近才被人从墓穴入口扔进去的一具尸体还裹着麻布。入口上方盖着一块木板，来参观公墓的人，尤其是孩子们，常常挪开木板往里面看。腐烂的物体会让麻布逐渐瓦解，一段时间过后，白骨便会露出来。公共墓穴在墓地的最深处，与最简陋的土坟为邻，一块铁牌上写着"埋尸处"，周围则杂草丛生。公墓离镇子较远，呈矩形，四周环绕着柏树。最近的一株无花果树还在一公里开外的一个池塘[1]里，每年这个时候，都能看到树上挂满了成熟的果实。

前文所述的 1947 年 4 月 18 日，星期六，15点，安东尼娅·何塞法·拉米雷斯决定杀掉鸡舍里的那只红鸡，因为顾客想要一只肥的，而那只搁在院子一角、捆着脚的鸡比较瘦。她让一个赤脚的七

1　结合最后一章的相似段落，此处疑似原文有误，将小农庄（chacra）写成了池塘（charca）。——编者注

岁女孩跑去抓鸡。女孩是她姨妈隔壁那个鳏夫的小女儿，拉瓦和鳏夫同居约两年了。她不想打扰正在果园里锄地的大儿子，他今年十二岁。还有两个儿子，一个十一岁，一个九岁，分别在镇上的一家杂货店和一家小旅馆里当帮工。她亲生的儿子弗朗西斯科·拉米雷斯也九岁了，是个送报员。拉瓦怀孕已久，没法追着家禽跑，只能叫年纪最小的女孩替她干活儿。

***

装有胡安·卡洛斯·哈辛托·欧塞维奥·埃切帕雷遗骸的灵柩，被安置在巴列霍斯上校镇公墓几个月前为此而建的白墙内的一个墓穴里，离主入口只有几步之遥。白墙内平行排列着四排墓穴，灵柩被放置在第三排，也是最贵的一排，因为墓碑上的铭文恰好与吊唁者的视线齐平。已占用的墓穴并不算多。

白色大理石墓碑上装饰着两只玻璃花瓶，由

拧在大理石上的铜臂支撑。碑上以浮雕的形式镌刻着逝者的姓名和生卒年月。因空间有限，四块纹样各异的青铜纪念牌略显拥挤。

左上角的纪念牌形似一本放在槲寄生树枝上的翻开的书，书页上刻着波浪形字母："**胡安·卡洛斯！友谊是你人生的座右铭。**在你最终的安息之地，我们向你致以深深的敬意。因你深厚的情谊，你第一中学的同学们将永远记得你，我们希望，失去你的巨大不幸，不会让我们遗忘曾经得幸认识你……对你的怀念就像一串念珠，其开端和终结都在无限之中。"

右上角的纪念牌呈矩形，带有一支浮雕的火炬，一旁是以平行的直线排列的铭文："**胡安·卡洛斯·J. E. 埃切帕雷，愿他安息。**逝于 1947 年 4 月 18 日。人生如梦，对所有人一视同仁的死亡才是真正的觉醒。镇政府的上司、同事和朋友们怀念他。"

左下角的纪念牌是正方形的，唯一的装饰是一个十字架："**胡安卡！**你的离去不仅夺走了我亲爱的哥哥，也让我失去了一位挚友，从今往后，我只能悲惨地苟活。对你永不磨灭的记忆在我心中化为一座圣殿，将永远接受我泪水的供奉……你美好的灵魂将永远在生之彼岸指引你的妹妹

这是上帝的旨意　　　塞莉纳。"

最后一块纪念牌在右下角，上面有一个闭着眼睛、双臂交叉抱在胸前的天使图案，他浮在云间，光芒从上方倾洒下来。铭文为："安静！我亲爱的儿子正在熟睡　　　妈妈。"

***

……我买完东西回家，从酒吧前路过时，他总会看着我……那年我十三岁，怎么会知道男人是什么样子的！自那以后的每一天，我都盼望他死，此刻我发自内心地道歉，很后悔我曾盼着那个可怜的男人死去，而他昨天真的死了，多年来，我对他恨之入骨！1937年9月14日，那是九年前了，妈妈，有件事我从没告诉过你，但你得先答应我，我告诉你之后，你要好好待我，这件事我没法告诉

任何人！我从酒吧前路过时，他总会看着我。今天，我首先祈求家人健康，果园里有雨，种子会发芽，今年的收成更胜过去年。你知道吗，妈妈，我买完东西回家，从酒吧前路过时，如果他没注意，我便会瞥他一眼，然而有一天，他再也没出现，不知多少个月之后，隔壁那个女人见他从特快班车上下来，皮肤都晒黑了！这么久以来，他都去哪儿了？……冬天里，才5点天就黑了，我在离酒吧一个街区的一条暗巷里走着，是他在跟踪我吗？"你就住在路后边的那座小农庄里吧？都出落成一位小姐了。"他开始跟我聊天……说他之前一直在一座牧场里度假，你知道的，妈妈，他是前一天才搭特快班车到这里的。他告诉我，他很不开心，因为有件事让他非常失望……在房子的拐角处，好几个街区外的空地上，他对我说起春日舞会，他很肯定，等我到了十五岁，一定会成为春日皇后。那天晚上他心情很差，他和内妮吵了一架。你还记得她吗，妈妈？她曾是阿根廷平价商店的打包工，好多年前就搬走了。"我好伤心。"那个年轻男人对我

298

说，其他的我全都忘了，我是生气了？喝醉了？睡着了？他长着一张和善的脸，妈妈，你不记得了吗？那年我十三岁，我进屋的时候你很生气，因为我在路上耽搁了太久。我用最快的速度削土豆皮、切洋葱、剥大蒜，再将它们切碎，你一直看着我，妈妈，难道你忘了，我进屋时全身都在抖吗？由于时间不早了，我跑了一阵——这不是实话。如果我对妈妈和盘托出，会让她很伤心吗？昨天死去的那个男人占了我的便宜，你明白吗，妈妈？他做了一个年轻男人能对一个女孩做的最坏的事，他永远夺走了我的童贞。你不相信吗？首先，我向上天祈祷全家身体健康，如果我能做到不跟妈妈说任何事，那就更好了。第二天下午 5 点，我又经过那里了？我有一堆事想问他……他是不是还很生内妮的气……可他没跟我打招呼，不再跟着我，也没再跟我说过话，妈妈，他只跟我一起走过一次路！因为他已经占有了我，这个卑鄙的家伙，他就该死掉！……万福马利亚，我盼着他死去，是我的祈祷被听见了吗？妈妈，我不会告诉你任何事的，有什么意义呢？你会跟我一样难过，如果上帝肯帮我，我便会守口如瓶。那天，那个年轻男人是怎么了？"我好伤心。"走在我身边时，他对我说道，然而那天之后，他再也没跟我说过话了……

我灵魂的上帝，请在这个时刻对我施以援手吧，我的儿子走了，我再也无法承受这种痛苦，我也要随他而去了。我请求你，将他留在天国里，因为他没能及时忏悔，他罪孽深重，但请听我细说，我亲爱的上帝，我会一直向你祈祷，直到我死去。我也会向神圣的圣母马利亚祈祷，失去一个年轻的儿子有多悲痛，这你是知道的，虽然我的儿子不像你的那样是位圣人，可耶稣之母啊，他的本性并不坏。我一直告诉他，得多去做弥撒、领圣餐，最糟的是，他太……孩子气，总想找点乐子，成天和女孩子厮混，都是那些女孩的错，不该怪罪我的儿子。圣母马利亚，我们都是女人，不能过分谴责自己的儿子，因为男人天性如此，对吗？罪魁祸首是那些坏女人……我对此一无所知，但身处高位、洞悉一切的上帝，一定会知道关于那笔钱的真相。加尔默罗山圣母，你是这座教堂的主保圣人，请你在此时此刻帮帮我，因为我担心我的儿子无法安息，而是正在受苦。他私自挪用了镇政府那笔肮脏的钱以后，再也没去忏悔过，但愿他在科尔多瓦的时候忏悔了，我曾问过他，可他……他还是个孩子呢……告诉我他没忏悔。是不是因为他不愿承认自己忏悔过呢？我儿子告诉我，科尔多瓦有很多漂亮的小教堂，他肯定偷偷进了一座教堂，去祈祷并请求宽恕，可他故意跟我唱反调，所以才撒了谎，说他再也没进过教堂。我害怕上帝因为他偷窃而放弃他了，但其实是某个坏女人唆使他这么干的，不过，他妹妹正一点一点地把他偷来的钱还回去。如果偷了东西再全部归还，还算有罪吗？加尔默罗山圣母，请你向我们的上帝求求情，跟他解释一下，我可怜的儿子是被愤怒蒙蔽了双眼，因为他们不准他的假，他便趁人不注意拿走了那笔钱，那些臭钱，一定是有人跟他要的……加尔默罗山圣母，我不知道你是否像圣母马利亚一样，也曾身为人母，倘若如此，你就会明白我承受的痛苦，想到此时此刻他正在遭受不幸，我就悲从中来。咳嗽和气喘已经让他在这个世界上备受折磨，圣母啊，难道他来世还要继续受苦？

全知全能的天父、造物主，我为亡夫祈求安息，很久以前，他将我一个人留在这世上，我深爱着他，却独自承受了那么多失望，主啊，倘若我如今并非孤身一人，我的生活肯定会完全不同。但这是你的旨意，或许是为了让我在受难中更加深刻地领悟我失去的一切。是的，现在我已明白，什么人都无法弥补失去一个好丈夫的痛苦。他应该早已进入你的荣光之地了吧，我祈求你保佑我的女儿，让她成为贤妻良母，她品性纯良，未来也将如此，跟她父亲一个样；还有我的两个外孙，愿他们茁壮成长，就像我每天祈祷的那样。而我呢，我什么都不求，如果那家寄宿公寓能卖，就卖了吧，就算被拍卖我也无所谓。我已经厌倦了山里的生活，只希望我身子骨还算硬朗，就可以找点事做，不会拖累我的女儿。我不想让她发现我流落街头……我祈求身体健康，倘若我的寄宿公寓能够拍卖，付完抵押款后还能剩些钱，我就把所有的钱给我女儿，她有权得到她父亲留下的一点遗产……为了那个可怜的年轻人，我还想厚着脸皮求你一件事，我们一起度过了有罪的生活，但如今他已不在人世了。我原谅了他，我的上帝，这个脑袋空空的家伙，我不想记恨他，毕竟他已经死了，再也没法伤害别人了，我也不会抱怨什么，因为我得承受，我做错了事就得承受，这是我应受的惩罚。挥霍掉属于我的东西是一回事，但挥霍掉我女儿的那份，连我自己都无法原谅自己。既然我知道他毫无经济头脑，为什么还要听他的话，抵押掉本属于我女儿的东西呢？我别无所求，唯愿身体健康，我便可以工作，做什么都行，这样就不会成为女婿的负担了。我只求女儿一切安好，也为外孙们祈祷，还为那个可怜的家伙祈求安息，因为我真的不恨他了。

我们的天父，如同我们宽恕别人一样，不要让我们陷于诱惑，但救我们免于凶恶。可我不甘心，我不能，耶稣，因为他没有任何过错，都是其他人的责任，我哥哥为人善良，现在却只剩妈妈和我相依为命。如果患病是命运的安排，那另当别论，但他生病是有人造成的，所以我不甘心：假如那个女人没有一再勾引他……这一切都不会发生。耶稣基督，我求你助我伸张正义，让那个女人得到应有的惩罚。一个体弱的小伙子，本来就得了感冒，她却让他在大门边待了好几个小时，用她那些邪恶的伎俩把他困在那儿，直到凌晨！我祈求这个女人得到应有的报应，否则，我没法继续活下去，因为我对她恨之入骨。我还确信，正是为了她，他才去偷镇政府的钱，一定是她让他这么做的！她是为了用这笔钱和他私奔，所以他们才假装吵架。要是我在路上见到她，我都不知道自己会做出什么事来，但愿上天别让这种事情发生！我不想知道她现在在哪儿，到底是死是活！希望她别在路上碰到我，否则我非把她碎尸万段不可……

第十五章

DECIMOQUINTA ENTREGA

> ……蓝，如女人的眼窝，
>
> 如蔚蓝的涟漪，那日落时分的蓝。
>
> ——阿古斯丁·拉腊[1]

巴列霍斯上校镇

1947 年 8 月 21 日

亲爱的内妮：

愿你展信安好。首先，很抱歉我过了这么久才给你回信，但你大概能想象背后的原因，我这把年纪，身上有一堆病痛阻挠我做想做的事，而且一

---

1 阿古斯丁·拉腊（Agustín Lara，1897—1970），墨西哥作曲家、歌手，尤其擅长创作和表演波莱罗舞曲。——编者注

天比一天糟。

我刚好感冒了，没法去邮局，又信不过任何人，所以几天前才把你的信从信箱里取出来。我必须当心塞莉娜，以免她起疑心。得知你也因无辜之人已逝，罪人却仍在世上而痛苦，我特别伤心。但我认为，必须让命运来惩罚那个堕落的女人，让她得到应有的报应，我们别再纠结她的本性究竟如何了，为什么要揭穿她的真面目？悲剧早已铸成。

我们最好还是多通信，聊一聊自己的生活，这样能更加亲近彼此。亲爱的，我能对你说什么呢，我的生命已经结束，只剩你这样的朋友还肯帮我。你总挂念着我，也挂念着胡安·卡洛斯，愿上帝让他的灵魂安息。

在你最近寄来的那封信里，我感觉你有些气恼，但现在你应该明白了，我没给你写信是因为身体不适。愿你们的夫妻关系能更和睦，你们之间到底怎么了？或许我可以根据自己的经历给你出出主意。我相信，只要能相互谅解，就算跟一个你不爱的男人在一起，也可以很幸福。他有什么严重的问题吗？我的意思是，他有什么性格上的毛病。每到下午晚些时候，我也会觉得伤感，时间变得漫长，停滞不前！从4点到8点，从天色开始变暗到晚餐的饭点，为了打发这段时间，我只好找一些无聊的事情来做，比如织补点东西，或者做点简单的缝纫。你的孩子没给你的生活增添幸福吗？他们在某些方面让你失望了？

原谅我多管闲事，这都是因为我越来越喜欢你，想多了解你的生活，并且希望能帮到你，即便只是为你祈祷。

也很抱歉让你等了这么久我的回信。请尽快给我写信，亲切致意

莱昂诺尔·萨尔迪瓦·德·埃切帕雷

附：差点忘了感谢你，之前提醒我胡安·卡洛斯希望被火化。我们必须忘却一切私心，遵从他的遗愿，即使这与我们的信仰并不一致，对吗？

填写信封上的信息之前，她看了看母亲，后者正坐在几米之外的一把扶手椅里织衣服。母亲编织的节奏很平稳，毫无疲倦的迹象，这表明老妇人还会再坐几分钟。她赶紧写好信封，以免被发现，接着告诉母亲，自己要去药店，随后出门去了邮局。

***

巴列霍斯上校镇

1947 年 9 月 10 日

最最可亲的内妮：

收到你亲切的小信，我非常开心！我欣慰地得知，你原谅了我的迟复，也感谢你信任我，向我倾诉你目前的烦恼：我也需要一个人来说说心里话，内妮，现在我正为我的女儿担忧。是这样的，马伦戈医生到我们这儿了，他是一名来自布宜诺斯艾利斯的年轻医生，在一家新开的疗养院上班，是个很不错的年轻人，前途无量，长得也帅，所有女孩都围着他转，前几天他来找我，说想娶塞莉纳。但他是外地人，这让我担心，于是我请他再等几个月，至少等服丧期满后我再做决定。塞莉纳很懂事，同意了我的条件。你觉得我做得对吗？但愿他是个好青年，如此一来，塞莉纳将会嫁给我们镇上最抢手的男人。

请不要再为胡安·卡洛斯火化一事而伤心了，火化完毕后，我们会在适当的时候告知你。逝者的遗愿必须得到尊重，生者不该与之相抗。我知道你过得很辛苦，两个男孩的母亲可不是好当的！可你从没提过你丈夫，一次都没有，是不是发生了一些不愉快的事？你知道，你可以信任我的。

上次写信忘记告诉你了，我正在找胡安·卡洛斯的信，并将已经找到的分类，你放心：我很快就把这些信寄给你。

现在，我想请你帮个忙，要是你愿意，请告诉我你丈夫办公室的地址吧。我们这儿有位皮亚焦太太，她马上要搬去首都，所以想买块地，我告诉她，你丈夫是拍卖行主。她觉得，跟熟人做买卖会踏实得多。我先谢谢你了。

就写到这儿吧，咱们下次再聊。我很希望得知你的近况，尤其是想到，我女儿即将离开这个家了，我是不是把你当成我的另一个女儿了？也请你写信告诉我，你觉得她和那个医生结婚是否合适（他俩甚至都不为订婚担心）。虽然你跟塞莉纳并无往来，但我知道你心地善良，一定会为此感到高兴的，对吗？嫁给一位医生！这可是所有女孩的梦想。

拥抱你，吻你，

莱昂诺尔·萨尔迪瓦·德·埃切帕雷

她写信时只穿了一件单衣，全身都觉得冷，瑟瑟发抖。她想起哥哥的病，一开始只是感冒。她母亲睡在旁边的床上。她将信封藏进一个装学生作业的文件夹里。她躺下后，用脚摸索着寻找热水袋。她打算第二天从学校下班后，在回家路上顺便去邮局寄走那封信。

***

巴列霍斯上校镇

1947 年 9 月 26 日

先生：

我把这些信寄给您，是想让您知道您妻子的为人。她对我坏事做绝，我不会再让她伤害您或其他人，而不受到应有的惩罚。

我是谁并不重要，尽管您很容易就能猜到。她以为每次都能得逞，但总有人会揭开她的真面目。

向您致敬，

一位真正的女性朋友

房门是锁着的。冷水哗啦啦地流，盖过了所有的声音。她坐在浴缸边缘，开始在一个公文尺寸的信封上填写地址：多纳托·何塞·马萨先生，B.A.S.I. 不动产，萨米恩托街 873 号四楼，联邦首都。接着，她拿起两封以"亲爱的莱昂诺尔夫人"开头、署名"内妮"的信，并在第一封信中标出以下内容：

有时候，当我跟两个儿子待在一起，听他们说一些天真的胡话时，我会突然明白许多从未想过的事情。我的小儿子总喜欢缠着我或他哥哥问个没完，问我们最喜欢什么动物、什么房屋、什么汽车，是喜欢机枪、左轮手枪，还是步枪。有一天，他突然问我（当时只有我们俩在家，因为学校里流感肆虐，他也感冒了）："妈妈，世界上你最喜欢的东西是什么？"我立即想到一样东西，不过我当然不能告诉他：胡安·卡洛斯的脸。因为我这辈子见过的最美的东西，就是胡安·卡洛斯的脸，愿他安息。我的儿子都不好看，他们小时候还算可爱，现在眼睛变小了，鼻子肉乎乎的，越来越像他们的父亲。我甚至觉得，自己都不想见到他们那难看的模样。如果一个母亲带着一个可爱的男孩从街上经过，我便会生气……我的孩子走在我前面时，感觉就好多了，有时，我会因他们长成这样而觉得羞愧。

她在第二封信中标出以下段落：

……一听到走廊上传来脚步声，我就想死。我做什么他都觉得是错的，他自己就一点问题都没有？我不知道他怎么回事，他一定意识到我不爱他，所以才对我如此刻薄……可是莱昂诺尔夫人，我发誓我已竭尽全力掩饰对他的厌恶，当然了，他对我和孩子们撒气时，我的确巴不得他死掉。我不知道上帝是怎么决定谁生谁死的。您一定感到痛苦万分吧，偏偏让您的儿子死去。

如果一个人把自己许的愿告诉了别人，就再也无法实现，这是真的吗？我也会这样对您说的，因为到最后，您和我就好像是同一个人。原来孩子们只要看到有白马经过，就会说"小白马，给我好运吧"，然后小声许两个愿。昨天，我从市场回来时看见一匹白马，于是许了两个愿。如果我现在告诉您，上帝还会让我的愿望成真吗？好吧，我许的第一个愿是，如果在彼岸世界里，最后的审判之后，上帝肯宽恕我（因为他肯定早已宽恕了胡安·卡洛斯），那么在来世，我便可以与他团聚。我许的第二个愿是，随着年龄的增长，我的孩子会长得更好看，这样一来，我就能更爱他们了。我倒不奢望他们像胡安·卡洛斯那么英俊，但也不至于像他们的父亲那样丑。我们刚结婚时，他还没这么难看，可年纪渐长后，他变得越来越胖，和从前判若两人。然而，你永远不知道孩子长大后会是什么样，对吧？你没法确定。

假如您离我更近一些就好了，这样我们就能一起卸下心上的重担。唯一令我欣慰的是，总有一天，一切都将结束，因为我会死去，这一点我可以确定，对吧？总有一天，一切都将结束，因为我会死去。

她重新将这两封信折好，和她自己写的那封一起，放入一个提前准备好的公文尺寸的信封里。随后，她又取来一个同样大小的信封，写上地址：内利达·费尔南德斯·德·马萨太太，奥列罗斯街4328号二楼B，联邦首都。她拿出六封以"我亲爱的"之类的开头、署名"胡安·卡洛斯"的信，塞进另一个信封里，心想事情已经办妥。走出浴室时，她将两个信封藏在胸部和浴袍之间。

"怎么磨蹭了那么久？"

"我拔眉毛呢。你就差衣袖没织好了？"

"对。把炉子打开吧，孩子，我很冷。"

"春天都到了，妈妈。"

"我管日历干什么！我就是冷。"

"妈妈，有人告诉我一件事……让我很开心。"

"什么事？"

"有人跟我说，内妮那个恶心的女人和她丈夫闹矛盾了。"

"谁跟你说的？"

"我只能说有这么一件事，不能透露是谁说的。"

"别这样，孩子，快告诉我吧。"

"不行，他们让我发誓，不会告诉任何人，你还是别再问了。"

"她过得还好吗？你觉得她知道胡安·卡洛斯去世了吗？"

"是的，妈妈，她应该知道。"

"她该给我们写信吊唁的，玛贝尔都写了。她可能是忙着照顾孩子？她生了几个？两个？"

"对，妈妈，有两个男孩。"

"那她绝不会感到寂寞。家里永远都有个男人在的……我不明白，内妮的母亲明明在布宜诺斯艾利斯有两个外孙，却要住在巴列霍斯。如果你结婚了，情况肯定不一样……"

"妈妈，你怎么又开始唠叨了。我有件事要告诉你，你可别生气啊。"

"我不会的，你说吧。"

"内妮寄来过一封吊唁信，但我没给你看，怕让你想起过去的事情。"

"原来她还记得我们，这可怜的人。"

"是的，妈妈，她还记得。"

"唉……如果我有孙辈，就不是现在这个样子了……上帝带走了我的儿子，单身女儿又待在我身边，如果我死了，你知道我放不下的是什么……"

"妈妈……"

"行了，整天就知道叫妈妈，对待男人你得机灵点，你认识那么多人，结果都只是朋友。跟他们调调情嘛。"

"如果他们都不喜欢我怎么办……"

"那个马伦戈医生呢？你不是跟我说，他经常带你去跳舞吗？"

"是的，但他也只是朋友。"

"孩子，有人跟我说，看到你在他车上，你为什么不告诉我？"

"不，那不算什么，应该是在胡安·卡洛斯去世几天前吧。我记得那天下雨了，九日祷告结束后，他送我回家而已。"

"我想见见他，据说是个不错的孩子。"

"是的，妈妈，可他已经订婚，都要结婚了，未婚妻也是布宜诺斯艾利斯的……"

"孩子，你这是怎么了？"

"妈妈，你把我逼得太狠了。"

"你太神经质了，一个女孩子，这么年轻，又这么神经质。"

"我也没那么年轻了。你闭嘴吧！"

"好了，孩子，不要冲我发脾气……别又把自己锁在房间里……"

"下午好，是圣罗克疗养院的人让我来的。胡安·卡洛斯·埃切帕雷先生以前住这儿吗？"

"对，有什么事？"

"等等，我是不是在哪儿见过您？"

"我不知道……您是？"

"德·马萨太太，这是我的两个儿子。"

"您是内妮。您不记得我了吗？"

"这不可能……是埃尔莎·迪·卡洛……"

"没错，我是这家寄宿公寓的房东，你们打算在科斯金待几天吗？"

"不知道……应该不会……我们把行李箱留在汽车站了。"

"我倒是有间双床房，先请坐吧，太太。你们是怎么找到这儿的？"

"疗养院的人让我来的。我去那儿问胡安·卡洛斯最近几年都住在哪里。"

"您瞧，太太，如果您愿意，我可以在房间里添一张小床，这样一来，三个人也可以住得很舒服。您先生没一起来吗？"

"没呢，他留在布宜诺斯艾利斯。我觉得我们今天得继续去拉法尔达，还有班车吗？"

"有，但你们得抓紧时间，再过半个小时就发车了。"

"是的，最好能赶上。"

"这两个孩子真可爱啊，我看你生活中该有的都有了。可他们不用上学吗？出门好多天了吧？"

"孩子们，到院子里去玩会儿吧，我要和这位太太聊一聊。"

"您应该知道胡安·卡洛斯在巴列霍斯去世了吧。他三月底离开这里，去和家人一起住几天，却再也没能回来……"

"是的，我知道，他已经去世半年了。您来这儿很长时间了？"

"对，好几年了，我经营这家寄宿公寓，他也搬过来住。家里只给他寄了一点钱，付过膳宿费后，治疗费就不够了。于是我开了这家寄宿公寓，可我没想到自己会陷入这样的境地。公寓里要干的活儿无穷无尽……你们十月来度假，可真奇怪，不过也挺好，现在人少，不冷也不热。"

"胡安·卡洛斯还记得我吗？"

"记得，他有时候会提起您。"

"……那他爱您吗？"

"别问我这样的问题，内妮。"

"您知道我是全心全意爱他的吧？"

"知道，但没人有权利问我任何问题，我是个自力更生的女人，不依赖任何人。您是一位结了婚的太太，什么都不缺，所以您该明白的。我不想再谈胡安·卡洛斯了，愿他安息。"

"我现在不是有夫之妇。我跟丈夫分开了，所以才会来这里。"

"我不知道这个……您为什么要来这儿呢？"

"胡安·卡洛斯总会在信里提起科斯金，我想来看看，找人聊一聊，希望有人能告诉我一些关于他的事。"

"他当时很瘦，内妮。他改不了坏毛病，总是去酒吧，最后让我头疼不已，虽然这么说不太好……他还嗜赌，到了最后，赌博成了他唯一的乐子。可您不知道，这寄宿公寓里的所有事情，我都要自己动手，内妮，否则厨娘会花太多钱。我亲自做清洁、采购，得像人们说的那样，事事操心。

开寄宿公寓能赚点钱的唯一办法，就是老板娘什么都做。您看看，我都老成什么样了，不是吗？"

"已经过了这么多年了。"

"关于您丈夫，我很遗憾……这是怎么回事？您不愿意跟我说说吗？"

"这种事时有发生……就在两周前，没多久，所以我才会来这儿。不过，既然他先从家里离开，我也就没什么好担心的了。"

"难道有其他女人？"

"不是的，但他意识到，我们俩之间已经完了。后来他又觉得抱歉，跑到火车站跟我们道别，可我认为现在这样更好。虽然孩子会耽误几天学业，我还是来这儿比较好，否则我又会心软，让他得寸进尺。"

"孩子们怎么办？他们没了父亲，不会受苦吗？"

"整天看我们像猫猫狗狗吵得不可开交，会更好吗？"

"您的事情，您最了解。"

"我这辈子只爱过胡安·卡洛斯。"

"尤其在最后一年里，他非常痛苦，真是可怜……夜间，我不得不起来给他换掉被汗水浸湿的床单，再帮他换上干净的衣服，时不时还要给他吃的。他总觉得饿，可每次都会在盘子里剩下一半食物。不过，这里最大的问题还是女佣，科尔多瓦山区的女孩子太不靠谱，而我急需洗衣工来帮忙，因为要换的床单太多，根本不够用，内妮，当时他只能一直用那些床单，这让我感觉糟透了。而有段时间，我每天都要给他换床单。想让我带您去看看他从前的房间吗？他有个单独的房间，里面放了张折叠床，您想看看吗？"

"好……"

"他经常提起您，内妮。"

"他还提起过谁？"

"玛贝尔，也经常说起她。"

"真的吗？"

"但他根本不爱她，说她很自私。相反，他总是说您的好话，说您是他唯一想娶的人。我现在告诉您这些，并不觉得嫉妒，内妮，人生总是充满了曲折，不是吗？"

"关于我，他还说了些什么？"

"说您是个好女孩，当初差点就和您结婚了。"

"您知不知道，他临死前想不想见我？我的意思是，见见我这个朋友……"

"您瞧……其实他一说起女孩子我就生气，所以很多事情他都没跟我说过……快来看看房间吧，您还得去车站呢，不然要错过班车了。"

"是该走还是该留下，我心里没底……"

"不，还是走吧。内妮，您看，这个白色的房间是不是很漂亮？他的床就在这儿，最好别动过去的物件了，对吗？请不要误会……"

"他经常待在这个房间里？"

"他病重的时候，是的……特奥多罗先生，等一等！……内妮，您瞧，刚好有辆出租车经过，您想坐吗？"

"好……"

"我肯定很显老，对吗，内妮？"

"没有，只是岁月不饶人。"

"等一下，先生！"

"孩子们，快点，时间不早了。"

"您运气真好，这儿的出租车不多。"

"太太……我想留下来……"

"不，还是不要吧，内妮，我再也不想聊以前的事了，我想忘掉发生的一切。"

"我想让您再告诉我一些……"

"不，您瞧，我受的罪已经够多了，为什么还要给您添堵呢？……再等一分钟，特奥多罗先生，这位太太马上就来……您得赶紧送她去汽车站……"

……"相反，他总是说您的好话，说您是他唯一想娶的人"……主啊，你在天国，应当能听到我此刻的祈祷，请你不要忘记，好吗？**距拉法尔达四十公里。**我茫然地往前走，要去哪里？漫无目的……"关于我，他还说了些什么？"……"说您是个好女孩，当初差点就和您结婚了"……和我结婚？没错，是和我，他是我这辈子唯一的爱人。**五十米处弯道，请谨慎驾驶。**可谁来驾驶人心呢？没有任何东西能让我们预见，号角声将在远方响起，随后，善良的天使出现在蔚蓝的天空中，他们满头金发，衣裳薄如蝉翼。**科尔多瓦最好的东西是什么？拉塞拉尼塔矿泉水。**天上最好的东西是什么？天使很快便会给我看的，他们要带我去哪儿？大地被抛在脚下，地球上的生命在消亡，灵魂飞向太阳，日食骤然发生，上帝的天空一片漆黑。远方传来号角声，是在宣告那些热烈追求所爱的人将不必恐惧了吗？宇宙黑暗无边，天使也离我而去……**马尔佐托渣酿白兰地，阿根廷人的最爱。**我是谁的最爱？倘若生前没人爱，死后呢？人们死去了，我亲人僵硬的身体躺在地下，那个想掐一下自己，以便从可能的梦中醒来的人，用他那棉絮或云朵般的手指触摸皮肤，但只是徒劳，因为所有的皮肉已挥发殆尽！以这份爱的名义，为了他，我向上帝提出一个交换条件。**七十米处弯道，请谨**

慎驾驶。如果我要得救，他必须首先得救，他是在附近，还是在远方？透过这些乌云，能看见一座白色公墓，我想我认出了这个地方……是草原的土地……长着我曾采过的小野花，是什么神奇的力量让我到这儿来的？这座公墓在巴列霍斯附近？在一座简陋的坟旁，站着我父亲，他走近我，对我说，以胡安·卡洛斯的名义，也为了我，他要与我告别，他在我额头上吻了一下，便离开了我，他挽着我母亲的胳膊，一步步远去了。我看见的是否为真？他们的脚步扬起阵阵尘土，亡者是否已重获肉身的重负？我在哪儿？我是谁？我生前是谁？上帝是否已宽恕我灵魂的所有罪责？我曾生活在荆棘之中，因从未感受到片刻爱意而伤痕累累。如果胡安·卡洛斯走到我跟前，叫我"亲爱的"，仍在流血的他，就能像摘下一朵花一样摘下我。胡安·卡洛斯，倘若你能与上帝交谈，他将告诉你，我无法忘记你……生活，充斥着脏兮兮的餐具、婴儿的尿布、我避之不及的另一个男人的吻，这样的生活会磨灭对你的爱吗？哈哈……可你呢，谁知道你要去哪里？谁知道你今天又会选哪个前女友？你宁愿选那个不检点的老女人，也不选我吗？要不还是选她吧，而不是某个比我更漂亮的，好不好？安静！他终于迈着稳健的步伐，再次出现了，世界因此黯然失色……他英俊的脸庞流露出寻觅的欲望……他没找到想要找的，继续走过荒芜的街道，他在找谁？我很害怕，便躲了起来。他的脚步指向哪里？几个衣着光鲜的女人走近，他看了她们一眼，让她们过去。我们在哪儿？他为什么来店里找我？我的制服太不合身了，我早该料到的：在两个柜台之间，穿黑衣的寡妇挡住了他的路……他看着她……对她说，非常感谢你所做的牺牲……她不肯让路，他温和而坚定地将她推到一旁……柜台后面，塞莉纳出现了，她身后是精心打扮的玛贝尔！……玛贝尔怎么会和这条毒蛇在一起？塞莉纳躲起来了，所以魔鬼找不到她！可她所到之处，土地在颤抖、分裂，将她们这两团黑色的火焰吞没，她们消失了！我不敢看下去……我的手在抖，没错，全身都在抖……你今天为什么要穿这件夹克？我爸爸以前嘲笑你……"像个乡下牧场主"……我们这样杞人忧天，真是大错特错，你明白吗？你瞧，我们最终不还是在一起了？那病，你觉得是……一种阻碍，可它不过是如今让我们团聚的一条弯路罢了……你那个恨我的妹妹……现在，她已经无关紧要了……你那瞧不起人的母亲也不在近旁……而那个下流的阿斯切罗，他算什么？一切已成……过眼云烟。我丈夫？他不是坏人……但我从来没爱过他。我的孩子们？正歌颂着上帝……他们和更多天使组成了一个声音甜美的合唱团。我母亲？她早已过世，有我父亲陪着她：他们给我们留下了这栋小房子……把手给我，来，握住我的手，马上就要变凉了，一天即将结束……我从布宜诺斯艾利斯带来了新窗帘……你说得没错，这道门勾起了我的回忆，但我们还是小心点，快进去吧，毕竟一切都是从……感冒开始的。你的感冒完全好了？你瞧，我还单身时就住在这个小房间里……我们可以在这里共度余生，过一种满溢着爱的生活？听凭上帝安排吧！胡安·卡洛斯，根据教义，我们在上帝面前的这一刻被称为"复活"，是最终审判的结果，你对所谓的肉身复活不开心吗？可我不会是在做梦吧？我要如何从梦中醒来，而不经受痛苦？如果我掐一下自己呢？什么？我的手指不再像柔软的棉花，不，我受够了这种恐惧，我的手指触摸着我的肉体，这不是做梦，因为我掐了，却没有醒来。上帝复活了我们的肉身和灵魂！这是上帝的旨意，你会觉得羞愧吗？灶上生着火，我母亲听到天使们召唤她的号角声时，或许正在做饭……胡安·卡洛斯！我有惊喜给你……在我们分开的这些年里……我终于学会了做饭！没错！你爱吃什么菜我都能做，胡安·卡洛斯，今天你想让我陪你睡吗？睡一个最能让你精神百倍的午觉。你曾在一封信里让我穿制服睡觉，你还记得吗？那个吻是什么意思？你会获准来吻我吗？胡安·卡洛斯！这一刻，我清楚地看到了一切，我终于明白了一件事！……上帝让你如此英俊，是因为他看到了你美好的灵魂，这是对你的奖励。此刻，在这张简陋的小床边（我们的爱巢？），我们手牵手一起跪着，眼望上方，越过新窗帘的褶边，让我们祈询天主，他会不会宣布，我是你的妻子，你是我的丈夫，永远永远……

"妈咪，我想尿尿！"

"马上就到了，亲爱的，再忍忍吧。"

"妈妈，我憋不住了。"

"很快就到拉法尔达了，我们一下车，你就赶紧去车站的卫生间……再忍忍。"

"妈咪，我好无聊。"

"快看看窗外，多漂亮的山景。看上帝创造了多少美好的事物？"

第十六章

DECIMOSEXTA ENTREGA

感觉，

人生短促如呼吸，

二十年匆匆逝去，

热切的目光

在阴影中徘徊

寻找你，命名你。

——阿尔弗雷多·勒佩拉

讣告

内利达·恩里克塔·费尔南德斯·德·马萨于 1968 年 9 月 15 日逝世，愿她安息。其夫多纳托·何塞·马萨、其子路易斯·阿尔韦托和恩里克·鲁文、儿媳莫妮卡·苏珊娜·舒尔茨·德·马萨、孙女玛丽亚·莫妮卡、尚未过门的儿媳阿莉西亚·卡拉乔洛、公公路易斯·马萨（缺席）、其夫的兄弟埃斯特万·弗朗西斯科·马萨（缺席）和姐妹克拉拉·马萨·德·伊里亚特（缺席）、侄子、侄女及其他亲属，恭请各位亲友于今日16点将遗体送往查卡里塔公墓。

内利达·恩里克塔·费尔南德斯·德·马萨于1968年9月15日逝世，愿她安息。马萨不动产公司恭请各位同仁于今日16点将遗体送往查卡里塔公墓。

1968年9月15日，星期四，17点，内利达·恩里克塔·费尔南德斯·德·马萨在历经重疾引起的种种并发症后去世，享年五十二岁。几个月来，她一直卧床不起，只是在生命的最后几天才预感到死亡迫近。她在去世前一天接受了傅油圣事，随后便要求与丈夫独处。

其长子——医学博士路易斯·阿尔韦托·马萨，跟儿媳离开了房间。自从在她脊椎上检查出恶性肿瘤以来，儿媳一直照顾着她。夫妻俩将神父和辅祭男童送到门口，随后去了厨房。两岁的孙女正在女佣的看护下喝一杯香草牛奶。女佣主动给他们倒咖啡，两人接受了。

与丈夫独处时，虽然吗啡让内妮的疼痛有所缓解，她仍然提不起精神。她艰难地解释说，当初买这套他们已住了十二年的房子时，她利用找公证人签署文件的机会，悄悄将一个信封托付给了他，里面有她的遗嘱和一些三十年前的信。遗嘱首先提出，她拒绝火化，然后要求将前文所述的那沓信放进她的灵柩里，就在裹尸布和她的胸口之间。

然而，此刻她想更改关于如何处理那沓信的遗愿。她希望在灵柩里，在她手心里，放入其他几样东西：一束她唯一的孙女的头发、一块儿童手表（她二儿子首次领圣餐时，她送给他的礼物）、她丈夫的订婚戒指。丈夫问她，为何要带走这枚戒指，毕竟这或许是她留给自己的唯一东西了。内妮回答说，她想从他身上带走一些东西，虽然她也不知道，为什么自己特别想要这枚戒指，但还是提出了这个请求。她还希望将公证人保存的信件销毁，她丈夫得亲自处理，以免某一天有无礼的年轻人读到信会嘲笑她。她丈夫承诺，一切都按她的意愿办。

不久，其次子——土木工程师恩里克·鲁文·马萨，带着未婚妻阿莉西亚·卡拉乔洛走了进来。当着两人的面，内妮重申了想要那块手表的愿望，因为她担心丈夫会忘记。随后，她逐渐失去知觉，还想让人请来她过世已久的母亲。她再也没能醒过来。

前文所述的 1968 年 9 月 15 日，星期四，17 点，巴列霍斯上校镇公墓，安葬胡安·卡洛斯·埃切帕雷遗体的墓穴上，照例放着两只花瓶，不过瓶中没有花。最近，守墓人移走了两束枯萎的花。以往的那些纪念牌边，又添了一块新的，呈矩形，浮雕图案是海平面上升起或落下的太阳，一侧刻着以下文

字:"**胡安·卡洛斯**　　　　**为人善良**　　　今天是

你离开我们二十周年　　　　从未忘记你的妹妹

塞莉纳，1967 年 4 月 18 日。"墙内的墓穴全都

满了，其中一侧又砌了两堵墙，刻在上面的名字

中，包括以下姓名：安东尼奥·萨恩斯、胡安·何

塞·马尔夫兰、莱昂诺尔·萨尔迪瓦·德·埃切帕

雷、贝尼托·海梅·加西亚、劳拉·波齐·德·巴

尼奥斯、塞莱多尼奥·格罗斯蒂亚加，等等。

　　前文所述的 1968 年 9 月 15 日，星期四，17

点，玛丽亚·玛贝尔·萨恩斯·德·卡塔拉诺正准

备在家接待当天的最后一名学生。她在卡瓦利托社

区的一所私立学校上完早班后，每天下午便在家里

给小学生补课。门铃响了，她二十四岁的女儿玛丽

亚·劳拉·卡塔拉诺·德·加西亚·费尔南德斯去

开门。一个女学生走进来，她看到老师的外孙在房

间的角落，便请求让她抱一抱孩子。玛贝尔见两岁

的外孙马塞洛·胡安在女学生的怀里微笑。他患有

小儿麻痹症，左臂戴着固定支架。虽然玛贝尔在公立学校当了三十年老师，有退休金，她还在尽己所能地工作，以帮忙支付外孙的治疗费用。一些最优秀的专家在为她外孙诊治。

前文所述的 1968 年 9 月 15 日，星期四，17 点，弗朗西斯科·卡塔利诺·派斯的遗体躺在巴列霍斯上校镇公墓的墓穴里，只剩一副骨架，上面还盖着其他腐烂程度不等的尸体，最近才被人从墓穴入口扔进去的一具尸体还裹着麻布。入口上方盖着一块木板，来参观公墓的人，尤其是孩子们，常常挪开木板往里面看。腐烂的物体会让麻布逐渐瓦解，一段时间过后，白骨便会露出来。公共墓穴在墓地的最深处，与最简陋的土坟为邻，一块铁牌上写着"埋尸处"，周围则杂草丛生。公墓离镇子较远，呈矩形，四周环绕着柏树。最近的一株无花果树还在一公里开外的一座小农庄里，每年这个时候，都能看到树上冒出许多淡绿色的小芽。

前文所述的 1968 年 9 月 15 日，星期四，17 点，洛迭戈的遗孀安东尼娅·何塞法·拉米雷斯坐着一驾马车，从自家的小农庄前往十四公里外的巴列霍斯上校镇商业中心。同行的还有她二十一岁的女儿安娜·玛丽亚·洛迭戈。她们此行是继续去置办嫁妆，她女儿即将嫁给附近的一个牧场主。拉瓦很乐意进城，她的四个继子女都住在那儿，已经有十一个孩子了，全都叫她（外）祖母。不过，她最高兴的还是能见到儿子潘乔，他刚在新盖的一座小木屋里安顿好。拉瓦问安娜·玛丽亚，是在"帕洛梅罗屋"还是在阿根廷平价商店买床单和毛巾更好。女儿回答说，她不是要花最少的钱，而是想买最喜欢的东西，她不想在购置床单和毛巾方面省钱。拉瓦想到了打包工内妮，她好多年没见过了，内妮曾在布宜诺斯艾利斯火车站给她送行，得有三十年了？她心想，如果内妮还在巴列霍斯，肯定会邀请她来参加女儿的婚礼。接着，她想到潘奇托，想到她带来准备送给他的一袋蔬菜和一箱鸡蛋。潘奇托住进了新房，安娜·玛丽亚也即将结婚，拉瓦感到很满足。当晚，她们将在潘奇托家共进晚餐，她不会被视为负担，因为她带了不错的礼物。路上有个坑，马车因此颠簸了一下。拉瓦盯着那个装鸡蛋的箱子，女儿埋怨她带的鸡蛋太多了。拉瓦觉得，安娜·玛丽亚是嫉妒潘奇托有新房：这孩子到修理厂上班后，生活顺心多了。他得到了老板的青睐，老板的女儿也对他很有好感。当然了，潘奇托体格健壮，眼睛又大又黑，城里的女孩子觉得他很帅气，他原本能娶个更漂亮的女孩，可老板的女儿确实是个能干的主妇。她长相普通，视力也有缺陷，但三个可爱的孩子都不像他们的母亲一样天生斜视。潘奇托的房子是他岳父盖的，就在修理厂所在的那块地尽头，紧挨着人行道。作为结婚礼物，房子落在了他们夫妻俩名下。

多纳托·何塞·马萨和公证人面谈后回到公寓，一阵倦意袭来。房间里一片漆黑。和平时一样，下午 3 点女佣就走了，而他的小儿子要稍迟一点才会回家。虽然他再三要求，长子并未同意像内妮临终的最后几个月一样，带着妻子和女儿住在家里。马萨先生想，头一年是最难熬的，之后，尚且未婚的二儿子也会成家，他会和妻子搬进这套公寓，对两个单身汉而言，这里太大、太空了。他打开那盏带白绢纱网罩的旧台灯，坐进客厅的沙发。法式缎面沙发并未用棕色布套罩起来。从前，为了避免弄坏沙发，内妮只在一些特殊场合才取下保护套。儿媳在守灵当晚把套子摘了下来，一直没有重新套上。马萨先生手里攥着一个信封。他拆开信封，发现里面有两沓信：一沓用淡蓝色缎带系着，一沓用粉红色缎带系着。他马上注意到，用粉红色缎带系着的那沓信件，正是内妮的手迹……他拆开用淡蓝色缎带系着的那沓，从里面抽出一封信，但只看了几个字。他猜想，内妮肯定不赞成他这样偷看别人的信。他望了一眼沙发的缎面，依稀还是崭新的模样，守灵夜留下的咖啡渍和酒渍几乎已看不见了。房间里静悄悄的。他心想，内妮在这个家里留下了一个无人能填补的空白。他忆起多年前，一件令人痛苦的事让他们分开了两个月。当时，她带着两个儿子去了科尔多瓦，他庆幸自己战胜了强烈的自尊心，去科尔多瓦找到了她。在楼中电梯边的焚化炉前，他将信塞回信封，扔进黑色的管道里。

系着粉红色缎带的信落入火中，仍叠在一起便点着了。另一沓信已解开淡蓝色缎带，在燃烧的过程中逐渐卷曲变形，最终四散在焚化炉里。信笺纷纷展开，被烈焰短暂点亮后，逐渐变黑，直至彻底烧毁　　　　"……明天就是本周的最后一天……"　"别信任金发姑娘。你会对枕头说什么悄悄话？……"　"……几滴假惺惺的眼泪……"　"……你要去看电影吗？谁会给你买巧克力呢？……"　"……别干任何傻事，否则会被我发现的……"　"……吻你，直到你说'够了'为止，胡安·卡洛斯"　"……这样下去我真会生病的，我的脾气已经越来越差了……"　"……要是有床位空出来，就说明有人死了……"

"……金发姑娘，我向你发誓，能吻你一下我就满足了……" "……请别告诉任何人我没有完成治疗就回去了，连家里人也别说……"

"……今天我保证，我会听从医生的所有指示……"

"……洋娃娃，我的信纸已经用完了……"

"因为此刻我感觉自己好爱你……" "……你看，金发姑娘，只是跟你聊了一会儿，我就觉得好些了，要是能见到你，我会高兴成什么样啊……"

"……我爱你胜过爱任何人……" "……科斯金还有一家医院……" "一有更多消息，我就给你回信……" "……科斯金河的水暖洋洋的……"

"……你也太遥远了……" "……现在我每读一遍你的信，就又增添了几分信心……"

野 SPRING
更具体地生长

主　　编 ｜ 苏　骏
策划编辑 ｜ 苏　骏
责任编辑 ｜ 苏　骏　　夏明浩

营销总监 ｜ 张　延
营销编辑 ｜ 狄洋意　　许芸茹

版权联络 ｜ rights@chihpub.com.cn
品牌合作 ｜ zy@chihpub.com.cn

野望 SPRING MOUNTAIN

春山望野（北京）文化传媒有限公司

Room 216, 2nd Floor, Building 1, Yard 31,
Guangqu Road, Chaoyang, Beijing, China